Fortellas Geschichten

Calvin Cozym

Fortellas Geschichten

Fantasy-Kurzgeschichten

Impressum

Bibliografische Information der Deutschen Nationalbibliothek:
Die Deutsche Nationalbibliothek verzeichnet diese Publikation in
der Deutschen Nationalbibliografie; detaillierte bibliografische
Daten sind im Internet über http://dnb.dnb.de abrufbar.

2. Auflage mit neuem Cover und Anpassungen bezüglich der
Designerin

© 2021 Calvin Cozym

www.calvincozym.de

tat(W)ortreinigerin Korrektorat: Bettina Hilbl
www.tatwortreinigerin.de

Covergestaltung: Jennifer Schattmaier – Schattmaier-Design

Herstellung und Verlag: BoD – Books on Demand, Norderstedt

ISBN: 978-3-7543-9615-5

„Die Chroniken von Mytlaghyr – Hexenjagd":

Coverbild © 2021 by Magical Cover Design, Guiseppa Lo Coco

ISBN 978-3-96741-117-1 erschienen im Hybrid Verlag

„Das Dunkel von Mirandor – Die Rückkehr":

Alle Rechte liegen bei Olaf Raack. Erschienen bei Amazon.

Inhalt

Verehrte Gastgeberin, verehrter Gastgeber, mein Name lautet Fortella. Fortella, die Gesprächige, wenn es beliebt. Ich durchquere die Lande vieler hoher Herren von West nach Ost und von Süd nach Nord. Auf meinen Reisen sammle ich aller Orten Geschichten über gar merkwürdige Geschöpfe und seltsame Begebenheiten.

Um mir meine Übernachtung unter diesem Dach zu verdienen, möchte ich einige davon zum Besten geben. Lauschet gut und denket über meine Anekdoten nach. Denn ich werde so manches Ende für mich behalten, um Euch Gelegenheit zu geben, Euch selbst ein Urteil über den Fortgang meiner Geschichten zu fällen.

Die unberührbare Talita

Talita trabte durch die Ebene. Ihr schwarzes Haar wehte im Wind. Ihre Hufe erzeugten dumpfe Geräusche, gedämpft vom trockenen Gras. Wohin sie auch schaute, erblickte sie nur Steppe und hin und wieder einen Felsbrocken, hinter dem sich ein Drache hätte verstecken können. Vom Himmel strahlte die Sonne. Talita sog die Luft ein. Der süßliche Duft der kleinen weißen Blumen, die der kargen Landschaft trotzten, drang in ihre Nase. Sie lächelte zufrieden. Hier schien niemand zu leben, den sie gefährden konnte. Genau die Art Ort, nach der sie suchte.

Sie hielt auf einen Felsen zu, der seiner Größe nach der König der anwesenden Gesteinsbrocken sein musste.

Wie von selbst stemmten sich ihre vier Beine der Laufrichtung entgegen. Ihre Hufe gruben sich ins Erdreich. Staub wirbelte auf. Von einem auf den nächsten Herzschlag kam die Zentaurin zum Stehen. Ihr Mund stand offen vor Erschrecken. Ihre braunen Augen weiteten sich ob der unvorhergesehenen Begegnung. Ihr Herz pochte wild. Sie hörte das Hämmern in ihrem Kopf wie zuvor noch den Schlag von Hufen auf trockenem Steppenboden.

Vor ihr stand ein ihr unbekanntes Wesen. Beinahe so groß wie der Felsen, hinter dem es im Augenblick zuvor noch hervorgesprungen kam. Es ähnelte in seiner Gestalt einem Löwen. Das riesige Maul wirkte bedrohlich. Ein dunkles Augenpaar fixierte sie. Lauerte.

Talitas Gedanken überschlugen sich. »Wer bist du?«, brachte sie mit Mühe und Not heraus.

Das Wesen umrundete sie. Ihr Blick folgte seinen Bewegungen. Majestätisch schritt es um sie herum. Präsentierte seinen muskulösen Körper in voller Pracht. Ließ sich dabei alle Zeit der Welt.

»Mein Name ist Liar«, erscholl die Stimme des Riesenlöwen, nachdem er seine Ausgangsposition wieder erreicht hatte. Sie klang kräftig und klar.

»Ich heiße Talita. Als unberührbare Talita kennt man mich landauf, landab.« Ihre Stimme strahlte wieder die gewohnte Sicherheit aus.

»Hm. Nie von dir gehört. Was suchst du in meinem Reich?« Das Wesen beäugte sie abschätzig. Leckte sich über die Zähne. Setzte sich in die Wogen aus Grün.

»Ich suche nach einem Ort, an dem ich leben kann, ohne jemanden zu gefährden.«

Liar lachte laut auf. Tränen drangen ihm aus den Augen. Erst nach einer Weile fing er sich wieder.

Prustend fragte er: »Du trägst nicht einmal eine Waffe. Wem solltest du denn gefährlich werden? Du bist doch nicht mehr als ein leckerer Happen. Als genau das wirst du auch enden, nun, da du auf mich getroffen bist. Etwas wie dich habe ich noch nie in meinem Leben gefressen. Es wird Zeit, dieses Versäumnis nachzuholen.« Das Löwenwesen grinste höhnisch, soweit Talita das einzuschätzen vermochte.

»Davon muss ich dir abraten.«

»Was glaubst du, wer du bist? Mir erteilt niemand einen Rat!« Die Stimme grollte wie Donner über die Steppe. »Ich könnte dich auf der Stelle verschlingen! Nenn mir einen guten Grund, warum ich es nicht tun sollte!«

Talita zeigte sich unbeeindruckt. Sie drückte den Oberkörper durch. Ihre vier Beine standen wie angewurzelt, wichen nicht zurück.

»Ich sagte bereits, man nennt mich die Unberührbare. Das hat einen Grund. Ich empfehle dir, es dir gut zu überlegen, ob du versuchen willst, mich zu fressen. Es würde dein letzter Versuch sein, etwas zu verschlingen. Diese Ebene erscheint mir sehr weit. Das Grasmeer reicht von Horizont zu Horizont. Wir können sie uns meinetwegen auch teilen.« Sie zuckte mit den Schultern.

Liar knurrte. »Du wagst es, mir ein zweites Mal einen Rat zu erteilen.«

Das riesige Maul kam näher, verströmte den Geruch fauligen Fleisches. Von den Zähnen tropfte schleimiger Geifer.

Talita hielt stand, zuckte nicht einmal. Stattdessen gab sie zu bedenken: »Auf mir lastet ein Fluch. Schnapp zu und du wirst es bereuen.«

Das Maul hielt inne, schloss sich wieder. Dunkle Augen ruhten auf Talita, wägten ab, ob sie es tatsächlich ernst meinte und was es mit diesem Fluch wohl auf sich haben mochte. Die Neugier des Riesenlöwen siegte. Er fragte: »Was ist das für ein Fluch?«

»Ein sehr alter Fluch. Ausgesprochen von einem Magier. Er wollte mich besitzen und verhindern, dass auch nur irgendwer eine Hand an mich legen kann. Darum sprach er einen Zauberbann über mich. Jeder, der mich berührt oder den ich berühre, wird zu Stein. Eben dieser Zauber ist der Fluch. Niemand wagt sich mehr in meine Nähe. So wie ich es nicht wage, mich jemandem zu nähern. Du ahnst nicht, wie viele Statuen meinen Weg säumen. Nirgendwo bin ich ein gern gesehener Gast. Darum bin ich hier. Ich suche einen Ort, an dem ich Frieden finden kann. Einen Ort, an dem ich allein sein kann. Verstehst du das?«

Liar zeigte keine erkennbare Regung. »Warum nimmt der Magier seinen Zauberbann nicht einfach zurück?«

»Das kann er nicht.« Talita senkte traurig den Blick. Sie sah die scharfen Krallen, die aus den Pfoten ausfuhren, sich wieder einzogen, nur um danach immer wieder von vorn damit zu beginnen.

»Warum nicht?«, lenkte die Stimme der Raubkatze die Aufmerksamkeit der Zentaurin wieder auf ihr Gesicht.

»Ich habe ihn versteinert.«

Liar betrachtete sie aufmerksam. Er wirkte nachdenklich.

Nach einiger Zeit zogen sich seine Mundwinkel nach oben, offenbarten erneut die spitzen Zähne. »Ich glaube dir kein Wort.« Wieder lachte er herzhaft.

Plötzlich erstarb das Lachen.

Ohne Vorwarnung sprang er auf und stürzte sich auf Talita. Abwehrend erhob sie eine Hand, berührte das Fell. Es fühlte sich weicher an, als es aussah. Das Flauschige und die Wärme wichen von einem Herzschlag auf den anderen aus dem Löwenwesen. Der Löwe erstarrte in der Bewegung wie eingefroren. Das Maul weit aufgerissen nur wenige Fingerbreit von Talitas Kopf entfernt. Den letzten Rest des Gestanks

12

nach faulendem Fleisch trug der Wind fort. Der Stein verströmte keinen eigenen Geruch mehr.

»Ich habe es dir gesagt, Liar, dich eindringlich gewarnt. Du hättest auf mich hören sollen. Ich hoffe, du warst der Letzte, dem es so erging.« Talita klang traurig und dennoch erfreut, endlich eine Heimat gefunden zu haben, in der hoffentlich nur Tiere lebten, die sie in Frieden lassen würden.

Ein armes Geschöpf, diese Talita, nicht wahr? Niemals mehr in ihrem Leben wird sie jemanden liebkosen können. Und das Löwenwesen erst. Sehr, sehr traurig.

Aber lassen wir das hinter uns. Aus der trockenen Steppe reisen wir nun in die rauen Berge. Legt Euch lieber eine Decke um die Schultern. Es wird frostig.

Eiswacht

Nebel bildete sich mit jedem Atemstoß vor Jonars Lippen und verschwand im Schneegestöber. Der Wind pfiff ihm um die Ohren.

»Lass uns in die Wachstube gehen, Jonar. Dort ist es schön warm und behaglich. Hier draußen holen wir uns noch den Tod.«

Der Wächter blickte zur Seite. Neben ihm klammerte sich Björk an seinen Speer. Der junge Krieger bibberte am ganzen Leib. Schnee sammelte sich auf dem Fell, das ihn umhüllte.

»Leg noch etwas Holz in die Feuerschale. Das muss genügen.«

Jonar wandte den Blick wieder über die Mauer und spähte durch die tanzenden Flocken hindurch. »Wir müssen wachsam bleiben. Das Wetter darf uns nicht kümmern«, grummelte er.

»Pah! Du bist so stur, wie du alt bist!«

Jonar beachtete den jungen Mann neben sich nicht. Sein Blick schweifte unentwegt durch die weite Klamm. Ständig auf der Suche nach verdächtigen Bewegungen.

»Warum sollten die Trolle ausgerechnet bei diesem Sauwetter angreifen?«

Jonar blieb seinem Kameraden eine Antwort schuldig. Er zuckte nicht einmal mit den Schultern.

Der Quälgeist gab nicht auf. »Schon seit mein Großvater hier Wache stand, wurde kein Troll mehr gesichtet. Wahrscheinlich sind die da oben im Norden längst alle erfroren. Lass uns endlich ins Warme gehen, bevor es uns auch noch so ergeht. Ich kann meine Zehen schon nicht mehr spüren.«

»Ich nehme meine Wache sehr ernst.« Jonar sprach mit dem Brustton der Überzeugung, obwohl es ihm nicht besser erging als dem Jungen. »Diese Mauer ist alles, was uns von den Trollen trennt. Fällt sie, werden ihre Horden in unsere Heimat einfallen und jeden, der dir lieb und teuer ist, zu Sülze zerquetschen oder einfach aufspießen und über dem Feuer grillen. Willst du das?«

Im Augenwinkel bemerkte er das ungläubige Kopfschütteln seines Kameraden. »Das sind doch alles Mären, die man Kindern in Sturmnächten erzählt, wenn sie nicht einschlafen können.«

Jonar drehte sein Gesicht in Björks Richtung, fixierte ihn mit seinen Augen. »Für dich sind das also Ammenmären? Ich kannte noch Leute, die im großen Trollkrieg kämpften. Diese Biester sind dreimal so groß wie du und zehnmal stärker. Sie reiten auf

16

gewaltigen Mammuts und zertrümmern alles, was ihnen in die Quere kommt, mit ihren riesigen Keulen. Es heißt, sie legen mehr als kopfgroße Steine in ihre Schleudern. Und wenn sich auch nur ein wenig mehr Grips zwischen ihren Ohren findet als bei dir, dann kommen sie an einem Tag wie diesem, wo uns der Schnee die Sicht raubt. Denn im Gegensatz zu dir lieben sie die Kälte. Also reiß dich zusammen und halte Wacht!«

Widerwillig richtete Björk seine Aufmerksamkeit gen Norden.

»Ich soll mir also wegen albernen Ammenmärchen die Zehen und Nase abfrieren. Nur, damit du dir nicht in die Hose machst. Wahrscheinlich glaubst du auch noch daran, dass die Trolle erscheinen, wenn man zu viel über sie spricht. Damit wollte mir meine Großmutter schon immer Angst einjagen. Pah!«

»Sei still!« Jonar kniff die Augen zusammen. Sein Fausthandschuh deutete auf das Ende der Klamm. »Du hast die besseren Augen, Junge. Was ist das? Die drei Schatten dort hinten.«

Björk zuckte mit den Schultern. »Ein paar Felsen vielleicht. Oder Bäume. Das lässt sich in diesem Schneegestöber kaum sagen. Mach, was du willst. Ich gehe jetzt in die Wachstube.«

»Ich wache schon mein Leben lang auf diesen Wehrgängen, Björk. An dieser Stelle dort gibt es keine Felsen oder Bäume.«

»Ach, du spinnst doch! Du siehst Gespenster.« Der Junge lachte laut auf. Er drängte sich an der Feuerschale vorbei. Marschierte über das gefrorene Gestein in Richtung der Kammer.

Jonars Augen klebten an seiner Entdeckung. Die Schatten bewegten sich, näherten sich. Langsam zwar, aber stetig. Die Kälte wich dem Alten aus den Gliedern. Das Blut rauschte durch seine Adern. Für einen Moment schossen ihm die Gesichter seiner Kinder und Enkel in den Kopf. Die Sorge um sie übermannte ihn, wuchs mit jedem Schritt, den die Schatten dem Wall näherkamen. Aus Schatten erwuchsen Schemen. Klar und deutlich erkennbar, trotz der dicken Schneeflocken.

»Schlag Alarm, Björk! Das ist ein Spähtrupp!« Jonars Stimme überschlug sich fast. »Mögen die Götter uns beistehen! Worauf wartest du noch? Schlag endlich Alarm, du Dolm!«

Björk eilte herbei, warf einen Blick über die Zinnen. »Es sind nur Felsen. Verdammt noch mal! Du solltest endlich aufhören zu trinken! Du siehst nicht mehr klar, alter Mann.«

Die Hand seines Kameraden packte Jonar am Kragen. »Und jetzt komm endlich mit in die Wachstube, bevor du hier draußen erfrierst.«

Na, ist Euch kalt geworden? Kein Wunder bei dem vielen Schnee und Eis. Sicher habe ich Euch nicht zu viel versprochen. So manch einem mag bei all dem Frost selbst der Verstand verfrieren. Von Gliedmaßen ganz zu schweigen. Ich habe zum Glück noch alle. Wie steht es mit Euch? Hm?

Das Beste wird sein, wenn ich Euch als Nächstes tief in den warmen Süden entführe und Ihr vielleicht bitte noch ein Scheit Holz ins Feuer legt, wenn Ihr so freundlich wäret.

Ausbruch aus dem Stillstand

Die Insel scheint unbewohnt, Prinz Evelor.« Schweiß perlte von Celias Stirn, tropfte auf den weißen Strand. »Wir fanden keine Anzeichen für zivilisiertes Leben. Das Landesinnere besteht nur aus Dschungel. Zumindest trifft das für den Teil der Insel zu, den wir in den letzten drei Tagen erkundeten. Wie es auf den kleineren Nachbarinseln aussieht, das wissen nur die Götter.«

»Habt Dank für Eure Dienste, Celia. Ihr und die anderen Kundschafter dürft euch nun ausruhen.«

Celia verneigte sich und zog sich zurück.

Der Elfenprinz schloss die Augen, drehte sich um. Unter seinen Stiefeln gab der feine Sand nach. Wasser platschte in gleichmäßigen Wellen ans Ufer. Salzige Seeluft spielte mit Evelors Haar, ließ es flattern. Der Elf zog die Luft ein. Seine Brust schwoll an. Es roch nach Freiheit. Seine Lippen formten ein zufriedenes Lächeln.

»Du willst hierbleiben, nicht wahr?«

Die Augenlider des Prinzen öffneten sich. Vor ihm stand sein engster Vertrauter.

»In der Tat, Tamurin. So wie du schaust, missfällt dir meine Entscheidung. Was bedrückt dich, mein

21

Freund? Fühlt sich die Aussicht auf festen Boden unter den Füßen nicht gut an? Das ewige Schaukeln hat ein Ende. Unsere Flucht hat ein Ende. Nach all der langen Zeit auf See haben wir eine neue Heimat gefunden. Das sollten wir feiern und nicht so griesgrämig schauen wie du. Hier im Süden können wir endlich einen Neuanfang wagen. Genau so, wie wir es uns so lange erträumt haben. Ist es nicht das, was auch du wolltest, mein Freund? Was wir alle wollten. Einen Neuanfang fernab von den starren Traditionen unserer Mütter und Väter.«

Noroelle trat an Evelors Seite, schmiegte sich an ihn. Sie lächelte ihn an. »Dieser herrliche Ort ist wie geschaffen für unsere neue Heimat, Liebster.«

»Nun, Tamurin scheint mir weniger überzeugt zu sein, Schönste aller Schönen.«

Der Blick des Vertrauten senkte sich zu Boden. »Dieser Ort ist wahrlich hübsch anzusehen. Das bestreite ich nicht. Doch er trägt so gar nichts unserer alten Heimat in sich. Nichts Vertrautes erkennt mein Auge.«

»Umso besser«, unterbrach ihn Noroelle. »Genau danach suchten wir doch für so lange Zeit.«

»Aber oben im Norden führten wir ein Leben im Einklang mit der Natur.«

»Das werden wir auch hier führen, mein Freund.« Evelor legte seinem Vertrauten eine Hand auf die Schulter. »Gräme dich nicht.«

»Evelor, wie soll das gehen? Wenn ich mich umschaue, erkenne ich nichts wieder von dem, was ich Zeit meines Lebens kannte. Soll es der Götter Wille sein, dass ich nur in einem mir völlig fremden Land ein neues Leben aufbauen kann?«

Der Elfenprinz löste sich von seiner Angebeteten. Seine Augenbrauen zogen sich zusammen. Seine Augen fixierten den Zweifelnden.

»Das alles mag dir fremd erscheinen, mein Freund. Das ist in Ordnung. Mir ergeht es nicht anders. Doch liegt nicht genau darin auch der Reiz? Wir brachen auf, weil wir aus dem Stillstand der Traditionen unserer Eltern ausbrechen wollten. Seit tausenden von Jahren halten sie am traditionellen Leben fest und akzeptieren nicht die kleinste Veränderung. Schmerzlich lernten sie, wohin ihr Starrsinn letztlich führte und was Veränderungen zu bewirken vermögen. Du selbst warst Zeuge. Unsere Eltern gaben die Verfolgung auf, als sie erkannten, wie spielend leicht unser Schiff – das Schiff, das du entworfen hast – ihre traditionellen Segler an Geschwindigkeit übertrumpfte. Mit Trauer in den Augen, ganz gewiss. Dennoch kannst du stolz auf dich sein, mein Freund. Wir werden an diesem Ort anders leben als bisher. Das steht außer Frage. Doch genau zu diesem Zweck brachen wir auf.«

Von der Seite rief jemand: »Prinz Evelor, seht, wen wir aufgegriffen haben. Sie hielt sich im Laderaum versteckt.«

Gleichzeitig blickten alle drei Elfen in die Richtung des Rufers. Er führte ein Weib neben sich her. Ehrfürchtig wies er ihr mehr den Weg, als dass er sie abführte.

»Was macht die alte Vettel hier?« Evelor runzelte die Stirn.

Die Wache kam vor dem Prinzen zum Stehen. Die Alte stoppte ebenfalls. Sie verbeugte sich nicht. Ihre runzligen Hände krallten sich an einen abgegriffenen Holzstab, der ihr als Stütze diente. Pupillenlose Augen richteten sich auf den Prinzen. »Spricht man so mit der ehrwürdigen Schamanin, junger Prinz?«

»Ihr solltet nicht hier sein, Lyrea. Nur Elfen bis zu einem Alter von höchstens fünfhundert Jahren durften mich begleiten. Doch Ihr, blinde Seherin, Ihr seid so alt, dass Ihr schon zu Zeiten lebtet, als unsere Urväter noch die Welt besegelten, bevor sie hoch oben im Norden sesshaft wurden.«

»Und obwohl all Eure Leute sehen können, bin ich hier. Wer ist also blind?«

Erbost forderte Evelor: »Fesselt sie und schafft sie hinaus aufs Meer!«

Der Wächter schluckte. Nach einem prüfenden Blick packte er die Alte am Arm.

»Liebster, was tust du da?«, flüsterte Noroelle. In ihrer Stimme schwangen Angst und Ehrfurcht mit. »Das dürfen wir nicht tun.«

»Sie ist zu alt für unseren Neubeginn.«

»Ich stimme Noroelle zu. Das dürfen wir nicht tun«, raunte auch Tamurin.

»Sie wird unsere Eltern zu uns führen. Sie besitzt die Macht dazu. Daran hege ich keinen Zweifel. Dann verlieren wir all das, was wir uns erkämpft haben. Schafft sie aufs Meer, sage ich.«

»Ihr begeht einen Fehler, Prinz Evelor. Ihr werdet ihn bitter bereuen.« Die Schamanin zeigte sich vom festen Griff ihres Bewachers unbeeindruckt.

»Nennt mir einen guten Grund, warum ich Euch nicht sofort ins Meer werfen lassen sollte. Eure Zeit ist schon lange vorüber. Ihr gehört der Vergangenheit an. Genauso wie unsere antiquierten Eltern.«

»Was Eure Eltern betrifft, so sprecht Ihr womöglich wahr, mein Prinz. Was mich betrifft, so irrt Ihr.«

Evelor runzelte die Stirn. Der Bewacher begann am Arm der Seherin zu ziehen. Beharrlich wehrte sie sich, stemmte sich in die Gegenrichtung, ließ sich nicht mitziehen.

»Ihr fragt Euch sicher, warum ich so denke, nicht wahr?« Weiße Augen funkelten Evelor an.

Der Prinz hob die Hand, signalisierte seinem Untergebenen zu warten. »Lass sie reden. Ins Wasser kann ich sie auch anschließend noch werfen.«

»Euer aller Eltern klammern sich so sehr an ihre geheiligten Traditionen, dass sie darüber vergessen, sich weiterzuentwickeln. Stillstand bedeutet auf lange Sicht Rückschritt, junger Prinz. Und Rückschritt bedeutet, irgendwann keinen Platz mehr auf dieser Erde für sich behaupten zu können.

Seht Euch nur die Menschen an. Sie mögen kurzlebig sein. Dennoch verbreiten sie sich überall in der Welt wie Ungeziefer. Ihre Erfindungen stellen die Errungenschaften des stolzen Elfenvolkes schon längst in den Schatten. Nichts, rein gar nichts zeugt mehr von der einstigen Überlegenheit unseres Volkes. Wir stolzen Elfen sind nichts mehr weiter als ein lästiger Dorn in ihren Fußsohlen, den sie sich bald herausziehen werden. Doch was erzähle ich Euch da? Ihr verfügt über ausreichenden Scharfsinn, durchschaut längst selbst den Lauf der Dinge. Leider sieht Euer Vater das nicht ein. Ich predige es ihm schon seit Jahrhunderten. Ihr wisst sehr genau, wovon ich spreche, nicht wahr?« Lyreas knochiger Zeigefinger deutete auf Noroelle. »Sie ist keine Prinzessin. Niemals würde Euer Vater eine solche Beziehung dulden.«

Evelor trocknete der Mund aus beim Gedanken daran, wie sehr sein Vater tobte, als er von der heimlichen Verbindung erfuhr.

Die heisere Stimme fuhr fort: »Dann sah ich in einer Vision Euren Aufbruch vor meinem inneren Auge. Ohne zu zögern entschloss ich mich, mich vom König loszusagen und mich Euch anzuschließen, junger Prinz. Die Nordelfen weihen sich selbst dem Untergang. Darin herrscht Einigkeit zwischen uns, nehme ich an. Ich las in der Zukunft auch, dass selbst die modernsten Elfen eine Schamanin benötigen werden, um erfolgreich bestehen zu können. Deshalb versteckte ich mich auf Eurem Schiff. Freiwillig hättet Ihr mich doch ohnehin nicht mitgenommen.« Ein Grinsen offenbarte Lyreas gelbe Zähne. »Ich mag alt sein wie die Zeit selbst. Aber lange noch fühle ich mich nicht zu alt, mich mit der Welt zu wandeln. Wenn die Weissagungen stimmen, steht mir noch ein langes Leben bevor. Ein Leben in Euren Diensten, mein Prinz.

Ein Leben im Glanze des stolzen Elfenvolkes. Es sei denn …«

»Es sei denn was?«, hakte Evelor ein.

»Es sei denn, Ihr, mein Prinz, entscheidet über meine Zukunft anders.«

Ein starrköpfiges Volk, diese Elfen, fürwahr. Fast genauso stur wie die Menschen, möchte ich meinen. Verzeihung, ich wollte Euch nicht beleidigen. Immerhin seid Ihr meine Gastgeber. Natürlich meine ich die Sturheit nur im besten Sinne. Immerhin seid Ihr keine dickköpfigen Zwerge.

Oje, ich greife vor. Zu den Zwergen kommen wir doch später erst. Die nächste Geschichte spielt nämlich in einem Menschenreich.

Das Geheimnis des Langen

Benommen öffnete Beorn seine Augen. Das gleißende Licht blendete ihn und brannte sich bis ins tiefste Innerste seines Kopfes. Er verschloss die Lider sofort wieder, blinzelte mehrmals, bis er sie endlich zu öffnen vermochte.

In seinem Kopf hämmerte es, als ob Hogard, der Schmied, seinen Schädel als Amboss benutzen würde.

»Wo bin ich? Was ist passiert? Warum liege ich hier auf dem Boden?«

Der Fährmann setzte sich auf und versuchte sich zu erinnern. Das Pochen in den Schläfen verschlimmerte sich im selben Augenblick. Das Quaken der Frösche, sonst ein angenehmer Klang für sein Gehör, dröhnte geradezu in seinen Ohren. Mit schläfrigen, schweren Augen blickte er sich um.

Er saß am Ufer des Langen, soweit er erkennen konnte. Warum er mitten am Tag ausgerechnet an diesem Ort schlief, vermochte sich der Fährmann nicht zu erklären.

Beorn war sich sicher, keinen Tropfen Branntwein angerührt zu haben. Seit fünf langen Wintern schon nicht mehr! Er schüttelte vorsichtig den Kopf. Das konnte nicht sein. Es lag keine geleerte Flasche in der Nähe. Erleichtert seufzte er.

»Da war doch ein Mädchen«, murmelte er und meinte sich an eine Schönheit mit braunem Haar zu erinnern. Ungläubig widersprach er seinem nächsten Gedanken: »Nixen gibt es in meinem See nicht. Es wurde noch nie eine gesehen. Es gibt sie hier einfach nicht!«

Plötzlich erschrak er, wie von einer bösen Vorahnung getroffen. Er fuhr schlagartig zum Ufer herum.

Wo ist meine Fähre?

Erstaunt bemerkte er sein Floß am gegenüberliegenden Ufer. Das Tau hing nicht mehr straff in Hüfthöhe über dem Wasser. Es schwamm erschlafft auf der Wasseroberfläche. Nutzlos gemacht, sog es sich mit dem grünlich schimmernden Wasser des Sees voll. Wer auch immer dies zu verantworten hatte, er hatte ganze Arbeit geleistet.

Zeit über die Geschehnisse nachzudenken blieb dem gerade Erwachten nicht. Irgendetwas näherte sich ihm mit großer Geschwindigkeit. Der Boden bebte förmlich und es polterte furchtbar. Diesmal nicht nur in seinem Kopf. *Reiter! Nicht wenige, möchte ich meinen. Wenn das diese Soldaten sind, von denen alle reden, dann sollte ich hier schleunigst verschwinden!*

31

Hastig blickte er sich um. Versteckmöglichkeiten gab es im näheren Umkreis nicht allzu viele. Es blieb ihm keine andere Wahl, als ins Wasser zu steigen und sich hinter dem Schilf zu verbergen. Er zögerte nicht lange, rannte los. Das trübe Nass spritzte zu allen Seiten auf, türmte sich zu kleinen Wellen bei jedem seiner Schritte vor ihm auf. Nach fünf Schritten blickte er sich um und erstarrte.

Verdammt, meine Kappe!

Die lederne Kopfbedeckung lag keine drei Schritte vom Ufer entfernt. Gut sichtbar für jedermann, der des Weges kam.

»Verflucht! Bei den Göttern, ich muss sie holen! Elender Mist!«

So schnell seine alten Beine es zuließen, spurtete Beorn an Land. Ohne stehen zu bleiben griff er seine Kappe, hechtete zurück ins Wasser, um sich nun endlich in die erhoffte Sicherheit zu bringen. Das Trommeln der Hufe erklang immer lauter. Der Fährmann staunte selbst, wie flink er sich trotz seiner über fünfzig Lenze plötzlich bewegen konnte. Seine Lunge pfiff.

Keinen Moment zu spät erreichte er endlich sein Versteck. Das kühle Wasser an seinen Füßen sorgte dafür, dass sein Blick allmählich aufklarte. Er spähte durch die dicht gestaffelten Schilfhalme. Mehrere Reiter in blauen Tuniken saßen dort auf ihren Pferden. In der Mitte befand sich ein junger Mann mit weißer Kutte. In den Augen des Fährmanns sahen sie allesamt ziemlich mitgenommen und gehetzt aus.

Das müssen tatsächlich Südländer sein. Was wollen die hier? Was mag das Mädchen mit denen zu schaffen haben?

Seinem Eindruck nach schienen die Berittenen sich darüber zu streiten, wie sie den Langen denn nun überqueren konnten. Sie wirkten auf Beorn, als hätten sie mit einer intakten Fähre gerechnet.

Als sie nach dem Fährmann Ausschau hielten, duckte er sich tiefer. Beorn bemühte sich, nur so wenig wie irgend möglich am Schilf zu rascheln. Ständig darauf bedacht, nicht mehr Geräusche zu verursachen als der Wind, der die Halme sanft hin und her wogte. Wenn sie ihn hier fanden, würden sie annehmen, dass er sie zu sabotieren versuchte. Nur die Götter wussten, was die Soldaten dann wohl mit ihm anstellen würden. Er durfte sich nicht erwischen lassen.

Ein paar Enten schnatterten neben ihm. Wild mit den Flügeln schlagend erhoben sie sich gen Himmel. Beorn hielt den Atem an. Duckte sich tiefer. Ein stummer Fluch glitt ihm über die Lippen. Er wünschte sich, unsichtbar zu sein. Das Geschnatter musste die Blicke der Fremden ja zwangsläufig in seine Richtung lenken.

Der Fährmann machte sich instinktiv noch kleiner. Er erkannte gerade noch die Helme der Fremden. Erleichtert atmete Beorn aus. Die Reiter kümmerten sich nicht um die flatternden Enten. Seine angespannten Muskeln entkrampften sich. Nur sein rasender Herzschlag hämmerte noch immer laut in seinem Kopf.

Der Alte blickte zurück. Er musste drüben im Dorf von den Geschehnissen berichten. Für ihn und die anderen Dörfler stellten diese Soldaten eine Gefahr für Leib und Leben dar. Daran hegte er keinen Zweifel.

Sie dürfen mich nicht entdecken.

Was die Männer besprachen, drang nicht an seine Ohren, so sehr er sie auch spitzte. Das Rauschen des Schilfes übertönte alles.

Nun schien der mit der Feder am Helm etwas zu befehlen. Die Gruppe setzte sich in Bewegung. Beorn vermutete, dass sie den See zu umrunden versuchten. Was blieb ihnen auch für eine andere Wahl?

Wie gut, dass sie mein Geheimnis nicht kennen. Er feixte in sich hinein. Ein Geheimnis, welches seit Generationen von Fährmann zu Fährmann weitergegeben wurde. Nicht einmal die Dorfbewohner kannten es.

34

Es zu verraten wäre schließlich auch sein Ruin gewesen.

Durch den Langen, so wie man den See seiner Form wegen gemeinhin nannte, führte in der Mitte ein seichter, etwa zehn Schritt breiter Streifen. Die Fremden hätten durch das Wasser reiten können und sich dabei höchstens die Füße nass gemacht. Stattdessen nahmen sie einen gehörigen Umweg in Kauf.

Dem Fährmann sicherte es das Einkommen, dass das niemand weiter wusste. Wer würde sonst wohl noch einen alten Fährmann benötigen?

An diesem Tag verschaffte sein Geheimnis ihm Zeit. Wertvolle Zeit, um seine Freunde und Nachbarn vor den Fremden zu warnen. Von anderen Reisenden wusste er, dass die Blaugewandeten nicht zimperlich mit den Einheimischen umzugehen pflegten.

Die Soldaten befanden sich endlich außer Sichtweite.

Beorn nahm all seinen Mut zusammen. Er watete vorsichtig tiefer in den See hinein. Immer dem seichten Pfad entlang. Voll und ganz darauf bedacht, sich tief genug zu ducken. Lediglich sein Kopf ragte noch aus dem Wasser. Er betete inständig zu den Göttern, nicht doch noch von den Fremden entdeckt zu werden.

Die Sonne spiegelte sich im Wasser. Mit ein wenig Glück und dem Schutz der Götter würde sie die Blicke all derer blenden, die auf die Wasseroberfläche schauten. Beorn dankte den Göttern für ihren Beistand.

Dieses Geheimnis wurde in der Tat erst viele Jahre später gelüftet. Weil der Fährmann es so gut hütete, wird allgemeinhin behauptet, es hätte den Verlauf eines großen Krieges entscheidend beeinflusst. Das alles näher zu erläutern, dafür würde mir dieser Abend nicht ausreichen. Ihr könnt es gern selbst nachlesen in den Chroniken von Mytlaghyr, wenn es Euch beliebt. Ich habe das Buch bereits in Eurer Bibliothek stehen sehen.

Doch nun zur nächsten Geschichte, bevor ich Euch mit meinem Geschwafel noch in den Schlaf rede.

Drei Küsse

Tränhard hastete durchs Unterholz. Schwer atmend blieb er stehen. Lauschte. Drehte sich um die eigene Achse in Richtung des Schlosses seiner Eltern. Durchs dichte Geäst spähte er. Fand nichts.

»Den fetten Magister bin ich wohl los«, keuchte er. Ein verschmitztes Grinsen bildete sich in seinem Gesicht. »Dass Vater mir diesen Taugenichts auch ständig auf die Fersen hetzt. Als ob ich mich von diesem Einfaltspinsel erziehen oder gar belehren lassen würde. Vater und der alte Magister stecken doch unter einem Hut. Verheiraten wollen sie mich. Bisher haben sie mir keine Braut vorgestellt, für die es sich lohnen würde, meine Freiheit aufzugeben.«

Der Prinz sog die Luft ein, roch das Moos, und seine Muskeln entspannten sich. Noch feucht vom Morgentau bildete das Grün einen samtenen Teppich unter seinen Füßen. Der Atem des Prinzen beruhigte sich. Gemütlichen Schrittes setzte der junge Mann seinen Weg fort.

Schon bald näherte er sich dem Ende des Dickichts. Vor ihm glänzte das Wasser eines Weihers in der Sonne. Dicke Bäume umringten das im warmen Schein glitzernde Nass.

Vorsichtig lugte Tränhard hinter einer knorrigen Eiche hervor. Seine Mundwinkel zogen sich nach oben. Keine Menschenseele hielt sich hier auf. Nur bunte Libellen huschten durch das Schilf. Insekten schwirrten durch die Luft oder krabbelten am Boden. Irgendwo klopfte ein Specht. Ein paar Enten schnatterten am anderen Ufer.

Der Prinz setzte sich ins Gras, lehnte sich an den Stamm des Baumes, um den er eben noch herumgespäht hatte.

Ein Seufzer entwich seinen Lippen: »Endlich allein. Endlich fort von all den Verpflichtungen am Hofe. Hier hat mich noch niemand gefunden. So wird es auch heute sein.«

Sein Blick schweifte über die spiegelglatte Wasseroberfläche. Alles erschien ihm so friedlich. Das komplette Gegenstück zum geschäftigen Treiben am Hof. Wenngleich die Krabbeltiere nicht einen Augenblick still verweilten, wie die Diener am Hofe auch, so strahlte dieser Ort Ruhe aus. Eine willkommene Auszeit, bevor er an den Hof zurückkehren würde, um wieder Teil des Treibens zu werden. Den Hof seines Vaters, den er so sehr liebte, wie er ihn auch zu meiden versuchte. Eines Tages wäre er selbst König. Dann galt all das emsige Treiben nur ihm allein. Er müsste nicht mehr selbst mitmischen. Tränhard freute sich schon auf den Tag seiner Krönung. Auch wenn das bedeutete, dass der König sterben musste. Doch dieser Tag lag noch in ferner Zukunft. Mindestens genauso fern wie der Tag, an dem sich eine Frau fand, die sein Herz zu erobern vermochte.

Die muss erst noch geboren werden!

Ein Plätschern riss ihn aus seinen Gedanken. Durch die grünen Blätterspitzen des Schilfs hindurch erspähte er ein Mädchen. Sie tauchte gerade aus dem Wasser auf. Das goldene Haar klebte an ihrem Kopf, ergoss sich auf ihre Schultern. Weiter ragte sie nicht aus dem Wasser heraus.

»Was betrübt dich, Prinz Tränhard?«, erklang eine betörende Stimme.

»Wer bist du? Woher kennst du meinen Namen?«

»Ich beobachte dich jeden Tag hier, Prinz. Ich kenne dich besser, als du es für möglich hältst. Also noch einmal, was betrübt dich?«

Tränhard stockte. Er konnte sich nicht erinnern, das Mädchen schon einmal hier gesehen zu haben. Es überhaupt schon einmal gesehen zu haben. Ein solch schönes Antlitz hätte er nie im Leben wieder vergessen. Des Prinzen Augen suchten das Ufer nach abgelegter Kleidung ab. Sie fanden nichts.

»Beantworte meine Frage und ich gewähre dir einen Kuss.«

Tränhard überlegte nicht lange. »Ich besitze alles, und doch erfüllt mich nichts davon mit Glück.« Seine Redseligkeit ließ ihn erstaunen. Es ging niemanden etwas an, was ihn im tiefsten Herzen bewegte.

»Ich besitze nichts, und doch bin ich glücklich«, kicherte das Mädchen.

Tränhard erhaschte einen Blick auf die nackten Schultern, das Dekolleté ragte für einen Moment aus dem Wasser. Weckte den Wunsch in ihm, es aus der Nähe zu betrachten. Vielleicht sogar einen Blick auf den unter der Wasseroberfläche verborgenen Körper zu erhaschen.

»Nun komm zu mir und löse dein Versprechen ein, Mädchen!«, forderte Tränhard keck. Ihn drängte es immer stärker, mehr von der zarten Haut zu sehen.

»Nicht so forsch, junger Prinz. Du willst deinen Kuss? Dann musst du ihn dir holen.« Sie lächelte kokett, senkte verlegen den Blick. »Wenn du bei meinem Anblick nicht Reißaus nimmst, sollst du einen zweiten Kuss erhalten.«

Tränhard sah keinen Grund, sich zu erschrecken. Im Gegenteil! Versprach ihm das Schicksal doch die Aussicht auf einen wohlgeformten Körper. Ohne zu zögern stapfte er los. Wasser drang in seine Stiefel, durchnässte seine Hose. Bis zur Hüfte reichte ihm das kalte Nass, als er direkt vor ihr stand. Auf sie hinabblickte, wie sie im Wasser schwamm.

Des Lüstlings Hoffnung auf ein nacktes Hinterteil zerbrach mit einem Schlag. Unter Wasser erkannte er nur eine schuppige, lang gezogene Flosse. Sie endete im unteren Rücken der Schönheit.

»Fürchtest du dich?«

Die Frage lenkte des Prinzen Blick zurück ins Antlitz der Nixe. Das Strahlen ihrer Augen ließ ihn den Fischleib vergessen.

Der Jüngling beugte sich zu ihr herab. Seine Lippen berührten die ihren. Sie schmeckte nach Datteln, seiner Leibspeise.

Wenn diese Früchte doch nur nicht so schwer zu bekommen wären.

Die Nixe löste sich von ihm, schwamm ein Stück zurück.

»Du hast dir auch den zweiten Kuss redlich verdient, tapferer Prinz. Komm zu mir und hole ihn dir!«

Tränhard zögerte nicht. Das Blau ihrer Augen ließ ihn alles um sich herum vergessen. Er gierte danach, die zarten Lippen noch einmal zu spüren. Sie noch ein weiteres Mal zu kosten.

Das Wasser reichte ihm bis zum Hals. Beinahe verlor er das Gleichgewicht. Er ruderte mit den Armen, obwohl er nie zu schwimmen gelernt hatte. Vor ihm leuchteten diese bezaubernden Pupillen, ließen ihn die Kälte und die Gefahr vergessen.

Bevor er auch nur darum bitten konnte, umklammerten ihn die Arme der Nixe. Ihre Lippen liebkosten die seinen, verströmten den süßlichen Geschmack, den er so liebte. An seinen Beinen spürte er die Flosse. Kalt. Glitschig. Faszinierend.

Schon nach viel zu kurzer Zeit löste sich die innige Umklammerung und das betörende Antlitz verschwand tiefer in den See. Weit genug hinein, dass seine Beine ihn dort nicht mehr hinzutragen vermochten, wenn er noch Luft bekommen wollte. Er ruderte mit den Armen.

»Du solltest nun gehen!« Die Stimme klang lieblich und fordernd.

»Es drängt mich nach einem letzten Kuss. Bitte! Du darfst mich nicht abweisen. Ich bin ein Prinz. Dein Prinz!«

»Ein dritter Kuss wird dein Leben verändern, Prinz. Überlege es dir reiflich.«

»Die Begegnung mit dir hat mein Leben bereits verändert. Was soll also schon geschehen?«

»Etwas wird sich verwandeln. Du wirst nur noch mich begehrenswert finden. Auf die eine oder die andere Weise.«

Ihr Blick veränderte sich.

»Ich begehre dich doch längst. Dabei kenne ich nicht einmal deinen Namen. Was bedeutet: auf die eine oder andere Weise?«

Die Nixe antwortete nicht sofort. Sie schien nach Worten zu suchen. Tränhard ruderte wild mit den Armen. Das Wasser reichte ihm bereits bis zum Kinn.

»Sprich schon«, forderte er. Er sehnte sich nach den köstlichen Lippen.

»Einer von uns wird sich sodann verwandeln. In Mensch oder in Nixe. Das hängt davon ab ...«

Der Prinz hielt es kaum aus. »Wovon denn, Schöne?«

»Davon, was in deinem Herzen überwiegt.«

Der junge Mann verstand nichts. Wahrscheinlich schaute er auch so drein, denn die Nixe setzte ihre Erklärung fort: »Überwiegt deine Freude über deine baldige Regentschaft, so werde ich ein Mensch. Schwach und sterblich. Überwiegt hingegen deine Freude über dieses schöne Fleckchen Natur, so wird dir eine Flosse wachsen. Du wirst unsterblich wie ich.«

Ihre Augen musterten ihn abschätzend. Schillerten in den verschiedensten Nuancen von Blau. »Ich weiß, dass du es nicht vorhersagen kannst, was von beidem geschehen wird, Prinz. Auch ich vermag das nicht. Du solltest dein Schicksal lieber nicht herausfordern. Lebe stattdessen dein Leben und vergiss mich!«

Unfähig zu antworten stand Tränhard im Wasser. Verlor sich in den Blautönen, die ihn argwöhnisch betrachteten und dabei so viel Anmut ausstrahlten.

Stille legte sich über den Weiher. Selbst die Frösche gaben keinen Laut mehr von sich.

Der Blick der Nixe hielt den Prinzen gefangen.

Ihre Stimme erhob sich: »Wenn du den Mut hast, mich ein drittes Mal zu küssen, dann tauche mit mir. Ich verüble es dir nicht, wenn du es nicht tust. Doch dann kehre bitte nie wieder an meinen Weiher zurück! Dann will ich dich nie wieder erblicken.«

Mit diesen Worten verschwand sie im undurchsichtigen Nass.

Tränhard holte tief Luft und tauchte ihr nach. Seine Finger tasteten nach ihr. Sie ergriffen nichts als die kalte Flüssigkeit, die ihn umgab, sich nicht halten ließ. Sein Herz raste. Die Luft ging ihm allmählich aus. Sie schien verschwunden. War alles nur ein Traum? Lehnte er noch immer an der Eiche und schlief?

Trübsinn überkam ihn. Er unterdrückte den unbändigen Wunsch seiner Lunge, an die Oberfläche zurückzukehren. Luft einzusaugen. Aufzuwachen.

Aus dem Nichts umklammerten ihn Arme. Zarte Lippen drückten sich auf seinen Mund. Er ließ sich treiben, kostete den süßen Geschmack aus und ließ sich tiefer ziehen!

Seine Füße fühlten sich seltsam an. Er vermochte es nicht, seine Lippen zu lösen und nach ihnen zu sehen. Tatsächlich fürchtete er sich davor, was er womöglich sehen würde.

Nach dem vielen Gerede über Wasser fühlt sich meine Zunge schon ganz trocken an.

Dürfte ich vielleicht einen Tee bekommen? Mit Minzgeschmack und etwas Honig darin, wenn Ihr derartige Köstlichkeiten im Hause habt.

Kreaturengarten

Vielen Dank für Eure freundliche Einladung, Großfürst Za L'or. Euer Garten der merkwürdigen Kreaturen gefällt mir außerordentlich. Ein solches Kunstwerk fehlt an meinem Hofe noch. Erstaunlich, was Ihr hier im Norden zwischen Schnee und Eis erschaffen habt.« König Nestor strich sich über den grau melierten Bart, der sein Kinn zierte.

Der Großfürst deutete eine Verbeugung an. Ein freundliches Lächeln zierte sein schmales Albengesicht. Es passte nicht recht zu seiner blassen Haut und den schwarzen Augen. Im widerlich freundlichsten Tonfall, den er anzuschlagen vermochte, erwiderte er: »Vielen Dank, König Nestor. Es ehrt Euch, meiner Einladung nachgekommen zu sein. Ich hoffe inständig, Eure Gemahlin findet einen ebensolchen Gefallen an all den wundersamen Geschöpfen wie Ihr, Majestät.« Die primitive Sprache der Menschen holperte ihm über die Zunge wie die beschlagenen Räder eines Karren über das Kopfsteinpflaster der Königsstadt. Doch wer sich unterwarf, der musste sich dem Sieger beugen.

»Rosalia, wie gefällt dir dieser Kreaturengarten, meine Teure?«, wandte sich der Herrscher der

48

Menschen an sein Weib. »An einen besseren Ort hätte uns der Großfürst nicht einladen können, um uns sein Friedensangebot zu unterbreiten. Findest du nicht auch?«

Grübchen bildeten sich im Antlitz der Königin. Ihre Mundwinkel zogen sich nach oben. »Ich bin hellauf begeistert, mein König«, jauchzte sie. »All die vielen Fabelwesen, die mein Auge noch nie erblicken durfte. Einhörner, Phönixe, Feen und Faune.« Das Grün ihrer Augen strahlte. »Wie hieß noch gleich dieses Tier? Es sah aus wie eine Mischung aus Mann und Stier?«

»Ihr meint den Minotaur, Eure Majestät.« Der Alb bemühte sich noch immer um die abgrundtiefste Freundlichkeit, die er aufzubringen vermochte.

»Ja, genau. Ein äußerst imposantes und stattliches Wesen. Dem Vieh möchte ich nicht auf dieser Seite der Gitter gegenüberstehen.«

Nestor stolzierte zum nächsten Käfig. Sein königlicher Umhang wedelte leicht im Wind. »Dies hier müssen Zwerge sein, sofern ich nicht irre. Wenn Ihr solche in einem Käfig haltet, habt Ihr dann auch Elfen, Za L'or? Ich hörte, sie wären ausgestorben, nachdem mein Urgroßvater sie in einer epischen Schlacht vernichtend schlug und ihre geheiligten Wälder in Glut und Asche verwandelte.«

»Gewiss, König Nestor. Gewiss. Wenngleich sie demnach nicht als ausgestorben gelten können. Schließlich leben noch vereinzelte Exemplare in unseren Gärten.«

Za L'or setzte ein schelmisches Grinsen auf.

Der König sah ihn für einen Augenblick skeptisch an. Dann griente auch er wie ein Spitzbube. »Ihr verfügt über einen feinen Humor, Großfürst. So finster, wie man es den Alben nachsagt, erscheint Ihr mir überhaupt nicht. Ein wenig steif vielleicht. Doch nicht finster. Dabei erzählt man sich schreckliche Dinge über euer Volk. Angeblich verspeist ihr die Kinder eurer Opfer vor den Augen der Überlebenden, wenn ihr fremde Ländereien überfallt.«

Za L'or zog eine Augenbraue hoch. »Angeblich bauen wir aus den Knochen der Gefallenen wundervolle Kunstwerke.« Ein Grinsen folgte. »Gebt nichts auf das Geschwätz, König Nestor. Das sind nur üble Gerüchte. Verbreitet von denen, die unsere Stärke nicht anerkennen wollen, Eure Herrlichkeit.«

Die Königin trat heran, blickte durch die Gitter. »Warum sehen diese Zwerge so traurig aus, werter Großfürst?«

»Verzeiht, wenn ich Euch berichtigen muss, verehrte Königin Rosalia. Bei Zwergen handelt es sich

50

um das griesgrämigste aller Völker. Dabei bemühen wir uns so sehr, die Unterbringungen jeder Gattung so naturgetreu wie möglich zu gestalten.« Der Albenfürst setzte erneut sein freundlichstes Lächeln auf. »Wusstet Ihr, dass all diese Geschöpfe freiwillig in den Käfigen sitzen?«

»In der Tat? Kaum zu glauben!«, mischte sich König Nestor ein. »Wer setzt sich denn schon freiwillig in einen Käfig und lässt sich von jedermann anglotzen? Ihr wollt uns einen Bären aufbinden, Großfürst.«

Za L'or bemühte sich, gleichmütig zu sprechen, sein gehässiges Grinsen zu unterdrücken. »Ihr werdet staunen, Majestät. Jede Art, die vom Aussterben bedroht wird, lebt lieber in einem Käfig, als gänzlich von der Erdenscheibe zu verschwinden. Selbst unsere entfernten Verwandten, die Elfen, gaben ihrem Stolz nach und fügten sich dieser Erkenntnis.«

»Sagt, Großfürst, machten nicht die Alben Jagd auf all diese Wesen?«, hakte Rosalia nach. »Trägt Euer Volk dann nicht die Schuld an der Ausrottung all dieser fabelhaften Wesen?«

»In der Tat, Frau Königin, ein gutes … Wie sagt man in Eurer Sprache? Ein gutes Argument.« Za L'or rang mit seiner Beherrschung, straffte sein aufgesetztes Lächeln. »Euer Geist erscheint mir schärfer als das

Schwert Eures Königs. Doch muss ich Euch berichtigen. Der Mensch kann noch viel grausamer sein als wir Alben. Euresgleichen steht uns in nichts nach, wenn es zum Beispiel darum geht, die Elfen zu vernichten. So sprach es zumindest Euer Gemahl soeben aus. Und das ist nur ein Beispiel. Nicht ohne Grund unterbreiten wir Alben Eurem Gemahl ein Friedensangebot. Mein Volk ist bekanntlich eines der Stolzesten. Wir unterwerfen uns nur dann, wenn unser Gegner uns an Zahl und Kampfkraft aussichtslos übertrumpft.«

Der Alb vollführte eine lapidare Handbewegung, während sich sein Gedärm verkrampft vor lauter Höflichkeit zusammenzog.

»Doch genug darüber geplaudert. Ich möchte Euch gern unseren neuesten Käfig zeigen. Er wurde erst vor Kurzem fertiggestellt. Allein es mangelt ihm noch an Bewohnern. Sind sie erst einmal da, so werden sie ein ganz besonderer Bestandteil unserer Ausstellung sein. Euch gebührt die Ehre der ersten Besichtigung, Eure Majestät.«

König Nestors Augen weiteten sich. »Ihr macht mich neugierig.« Im Laufen bat er den Albenfürsten: »Erzählt mir mehr über die Art, die Ihr dort zu halten gedenkt!«

»Ich will nicht zu viel verraten, König Nestor. Nur so viel sei gesagt: Es handelt sich um eine vom Aussterben bedrohte Art, die noch nicht einmal ahnt, dass ihr Untergang bevorsteht. Dabei führt sie ihn durch ihr eigenes Handeln herbei.«

»Äußerst interessant. Findest du nicht auch, Teuerste?«

»Bei allem, was heilig ist, ja, mein König. Das klingt faszinierend. Ich kann es kaum erwarten, hierher zurückzukehren, sobald dieser Käfig mit Leben gefüllt wurde. Vor Spannung zerreißt es mich fast. Ihr versteht es, meine Neugier zu schüren, Großfürst.«

Za L'or eilte voraus. Hinter ihm klapperte das alberne Schuhwerk der beiden Monarchen. Gewiss mühten sich die zwei Fettwänste, mit ihm Schritt zu halten.

»Wir sind da.«

Der Alb suchte einen Schlüssel aus dem Bund heraus, welches bis eben noch an seinem Gürtel baumelte. Er drückte ihn ins Schloss, drehte ihn. Geräuschlos öffnete sich die Tür. »Wenn es Euch beliebt, so dürft Ihr das Innere des Käfigs begutachten und Euch von der Baukunst der Alben überzeugen, Eure Majestät. Ich bin sicher, Ihr werdet Euch in Eurer Ansicht über unser Volk bestätigt sehen. Im

Anschluss beabsichtige ich, Euch mein Friedensangebot zu unterbreiten. Bitte tretet doch ein.«

Der König betrachtete den Alben. Skepsis und Be-
wunderung stritten sich in der Miene des Regenten
um die Vorherrschaft. »Eure Baukunst interessiert
mich außerordentlich. Sobald Ihr Euch mir unterwor-
fen habt, entsendet Ihr einige Eurer Baukünstler an
meinen Hof. Dort gibt es so viel zu tun. Ich möchte
einen mindestens ebenbürtigen Garten der Kreaturen
in meinem Reich sehen.«

»Gewiss, Eure Majestät, ich werde meine Alben in
Euer Reich entsenden. Sie werden den Glanz unserer
Bauten in Euer Reich hineintragen. So wie Ihr es Euch
soeben gewünscht habt.« Mit einer Geste ließ Za L'or
dem Menschenherrscher den Vortritt. »Ich lasse Euch
zuerst gehen. So wie es sich gebührt, Majestät.«

Der König trat durch die offene Gittertür. »Ein
prächtiges Bauwerk. Es wirkt von innen überhaupt
nicht wie ein Gefängnis«, staunte er.

Die Königin folgte ihm auf dem Fuße. »Alles riecht
noch so herrlich neu und unbenutzt.«

Ein Moment der Stille folgte.

»Großfürst Za L'or, warum sagt Ihr nichts?« König
Nestor erhielt keine Antwort. Er fuhr herum, eilte zur
Tür.

Von außen erklang eine kalte Stimme, die nun all die Abscheu, die sie bis hierhin verbergen musste, herausließ: »Dein Rütteln nützt dir nichts, stinkender Menschenkönig. Du und dein hässliches Weib, ihr seid meine Gefangenen. Mein Volk wird sich um deine Ländereien kümmern.« Der Alb lachte spöttisch. »Das war doch dein Wille. Wir werden bis ans Ende der Zeit überleben, sobald wir euch erbärmliche Menschen erst vom Rand der Welt gefegt haben.«

Traue nie einem Alben. So hat es mir meine Großmutter schon beigebracht. Ihr wäret bestimmt nicht auf den Großfürsten hereingefallen, oder? Ihr verfügt sicherlich über mehr Weitsicht. Das sehe ich in Euren wachen Augen.

Wie dem auch sei. Kommen wir nun zu den Erzfeinden der Alben. Ich hatte sie ja bereits vorhin schon angekündigt, wenn ich mich recht entsinne.

Guter Rat

Mein Sohn wurde entführt!« Stille erfüllte den Raum. Entsetzen stand den anwesenden Ratsmitgliedern ins Gesicht geschrieben. Grunbor fing sich als Erster.

»Wer wagt es, deinen Sohn zu entführen, Rondur?«

»Ja! Wer wagt es, den Sohn unseres Königs gefangen zu nehmen? Etwa die feigen Orkhorden?« Furins Faust donnerte auf die Tischplatte. Die Zinnbecher schepperten. »Wir hätten sie schon lange ausmerzen sollen. Lasst uns zu den Waffen greifen und Prinz Ondurin befreien, sage ich!« Das Gesicht des Zwerges lief rot an vor Zorn.

Gemurmel kam auf.

»Die Alben haben ihn.« Rondurs Stimme klang resignierend und wütend zugleich.

»Was? Die verdammten Alben? Diese dreckigen Hunde! Das sollen sie büßen! Ich werde sie mit meiner Axt in Stücke hacken!« Erneut klatschte die Pranke des Heermeisters auf die Eichenholzplatte. Ein Becher fiel um. Roter Wein besudelte den Tisch.

»Beruhige dich, Heermeister Furin.«

»Wie soll ich da ruhig bleiben, Baribor? Dein Greisenblut mag nicht mehr in Wallung geraten. In meinem dagegen brennt die Glut von zehn Schmiedefeuern.«

Grunbor, der Hüter der Münzen, fixierte den König. »Wie konnte das denn nur geschehen?«

Der König unterdrückte den Schmerz in seiner Brust. »Sie haben ihn bei der Jagd überwältigt. Die Köpfe seiner beiden Begleiter haben sie vor das Osttor unserer Mine geworfen. Ihre Forderungen haben sie in Zwergenhaut geritzt und zu den Köpfen gelegt.«

»Was fordern sie, Rondur?«, begehrte Baribor, der Minenälteste, zu wissen.

»Sie fordern, dass ich meine Krone niederlege und wir unsere Mine verlassen.« Des Königs Kiefer drückten die Zähne knirschend zusammen.

»Das ist doch unerhört! Dann können wir unsere Frauen und Kinder ja gleich an sie ausliefern! Niemals!« Furin spuckte auf den felsigen Boden. Im Schein der Lichtsteine funkelten seine Augen wie Schmiedefeuer. Plötzlich besann er sich. Seine Stimme nahm einen bedrohlichen Klang an. Er schaute wie im Wahn. »Wir werden die Mine verlassen. O ja. Mit einem Heer, wie die Albenbrut es noch nie zuvor gesehen hat. Keiner von diesem Pack wird uns entkommen. Das schwöre ich beim Bart meiner Mutter!«

Baribor strich sich durch die schneeweiße Gesichtsbehaarung. »Und wenn sie genau das beabsichtigen? Vielleicht wartet ihre Streitmacht irgendwo da draußen nur darauf, dass wir uns ihnen stellen, um uns in den Rücken zu fallen. In einer offenen Feldschlacht lassen sich die Alben nur schwer besiegen. Das lässt sich auch von einem tapferen Zwerg wie dir nicht abstreiten, Heermeister.«

Des Heermeisters Gesicht verfärbte sich noch dunkler als der Wein, der von der Tischkante tropfte. Der Krieger drohte, den ganzen Tisch mit einem einzigen Hieb zu zerschlagen.

Grunbor packte ihn an der Schulter. »Beruhige dich endlich, mein Freund. Zorn galt noch nie als ein guter Berater. Lass uns hören, was Baribor vorschlägt.«

»Warum sollte ich mir von einem wie dir vorschreiben lassen ...«

»Furin, sei still!«, erscholl König Rondurs tiefe Stimme.

Der Heermeister fügte sich widerwillig.

»Was rätst du mir, Weißbart?«

Alle Augen richteten sich auf den ältesten aller Zwerge.

»Rondur, ich verstehe deinen Schmerz als Vater. Doch bedenke, du trägst nicht nur die Verantwortung für deinen Sohn, sondern auch für dein Volk. Was ist schon einer gegen Tausende?«

»Er ist nicht irgendwer, verdammt. Sie haben den Prinzen in ihrer Gewalt. Deshalb sage ich, wir gehen raus und holen uns Ondurin zurück und vernichten diese Bastarde ein für alle Mal«, blaffte Furin.

»So wie ich die Alben kenne, lebt dein Sohn ohnehin nicht mehr. Dieser Abschaum hält nie sein Wort.« Grunbor bemühte sich, den Heermeister durch den Klang seiner eigenen Stimme nicht noch mehr anzustacheln. »So hart es klingt, wir sollten die Mine nicht verlassen. Weder um uns zu fügen noch um zu versuchen, deinen Sohn mit einem heldenhaft dummen Angriff zu retten, Rondur.«

Des Königs Miene verfinsterte sich. Seine Faust ballte sich, quetschte so sehr zusammen, dass die Knöchel weiß anliefen.

Mit bebender Stimme brach es aus dem Zwergenkönig heraus: »Ihr schlagt mir also vor, mich in unseren Höhlen zu verkriechen und meinen Sohn den Alben zu überlassen?« Er packte einen Becher, schmetterte ihn mit voller Wucht gegen die Wand. Ein roter Fleck blieb zurück. »Bei meinem Hammer, wir sind Zwerge, verdammt!« Der König marschierte durch den Raum.

Grunbor wagte sich, ihn zu erinnern: »Dennoch bist du der König. Du musst dein Volk schützen.«

Rondur schrie auf. In einem Anfall von Wut packte er den Tisch, warf ihn samt Bechern auf die Seite. Sein Atem ging stoßweise.

Stille.

»Was soll ich tun, Göttlicher?«, beschwor er den Schmied mit dem Hammer, den die Zwerge seit Generationen als Schöpfer unter der Erde verehrten.

»Sagt es mir!«, brüllte Rondur in die Runde.

Keiner der Anwesenden gab eine Antwort.

Des Königs Stirn durchfurchte eine tiefe Falte. Wie im Wahn befahl er: »Furin, versetze das Heer in Marschbereitschaft! Wir brechen in einer Stunde auf!«

»Das Heer wird die Alben mit Freude in Stücke hacken, mein König.« Er verneigte sich.

Grunbor stand das Entsetzen ins Gesicht geschrieben. »Du willst tausende Zwerge für deinen Sohn opfern? Das steht selbst einem König nicht zu.« Er erntete einen boshaften Blick des Herrschers.

»Das ist nicht weise, mein König«, stand ihm Baribor bei. »Das ist eine List der Alben. Erkennst du es denn nicht? Genau das wollen diese Bastarde doch. Sie werden uns vernichten, wenn wir auf sie hereinfallen.«

»Schluss jetzt! Meine Entscheidung ist gefallen! Die Beratung ist beendet. Ihr dürft euch zurückziehen.«

Die schwere Tür zur Kammer flog auf. Ein junger Zwerg stürmte herein. Schweiß verklebte sein Haar. Er keuchte: »König Rondur. Dein Sohn … «

Dem König entglitten sämtliche Gesichtszüge. »Was ist mit ihm?«

»Er lebt. Wir haben ihn am Nordtor gefunden. Er sieht mitgenommen aus, aber die Alben haben ihn nicht erwischt.«

Ihr seht, wie leicht falsche Informationen einen bitterbösen Krieg auslösen können. Einen Krieg, der unzählige Leben im Handumdrehen zu zerstören vermag. Das alles nur aufgrund einer falschen Nachricht? Das darf niemals passieren! Egal wie heiß das Blut in den Adern strömt. Darum hört meinen guten Rat, ihr lieben Leute: Glaubt nicht alles, was man Euch erzählt!

Der Tee schmeckt übrigens in der Tat vorzüglich. Das könnt Ihr mir gern glauben.

Kein Gold, keine Hoffnung

Du wirkst traurig, alter Mann. Was ist mit dir?«
Xalar sprach den Fremden unumwunden und mit freundlicher Stimme an.

»Sieh mich doch an. Meine Haut ist verbrannt. Mir fehlen ein Bein und zwei Finger. Obendrein habe ich einen Buckel und schiele fürchterlich. Die Menschen fliehen vor mir. Sie halten mich für ein Monster.«

Xalar betrachtete den Greis von oben bis unten. Seine Kleidung wirkte abgerissen wie der verschrobene Kerl selbst.

»Deshalb wohnst du hier so verlassen im tiefsten Wald?«, erkundigte er sich. Darum bemüht, nicht mitleidig zu klingen, obwohl ihm der arme Tropf leidtat.

»Ja, so ist es«, gab der Einbeinige zurück. »Hier finde ich meine Ruhe. Es kommt niemand vorbei. Höchstens mal ein einsamer Wanderer. Niemand belästigt mich hier oder, schlimmer noch, verhöhnt mich oder nimmt gar Reißaus bei meinem Anblick.«

»Ein Wanderer so wie ich«, grinste Xalar. Er lehnte seinen Stab gegen die morsche Bretterwand der armseligen Behausung des Alten. »Ich heiße Xalar. Wie lautet dein Name, guter Mann?«

»Laesaos. Guter Mann hat mich schon lange niemand mehr genannt.« Ein Lächeln huschte über das faltige Gesicht und erstarb sofort wieder, um vor dem gewohnten Gram zurückzuweichen.

»Es freut mich sehr, Laesaos, deine Bekanntschaft zu machen.« Die Mundwinkel des Wanderers hielten seinen freundlichen Gesichtsausdruck aufrecht. »Erzähle mir, wie bist du zu deinem Aussehen gekommen?«

»Tja, da gibt es nicht viel zu erzählen. Ich schiele seit meiner Geburt. Meine Haut habe ich mir als Kind verbrüht, als ich mir versehentlich einen Kessel heißes Wasser übergegossen habe. Die Finger und mein Bein verlor ich, als ich für die hohen Herren in den Krieg zog. Zum Lohn bekam ich eine Handvoll Münzen.« Er lachte spöttisch, als verhöhnte er sich selbst. »Die paar Münzen brachten mich nicht mal über den nächsten Winter. Der Buckel kommt von der gekrümmten Haltung, die ich der alten Krücke hier verdanke.« Sein Finger tippte auf ein marodes Stück Holz, gekrümmt von seiner Last. »Und nun friste ich schon seit vielen Jahren als Aussätziger ganz ohne Weib mein Dasein.«

Xalar seufzte: »Dein Leben meinte es wahrlich nicht gut mit dir, mein lieber Laesaos.«

»Das kannst du wohl laut sagen.« Der Alte schaute betrübt drein. »Und nun geh deiner Wege. Ich möchte allein sein. So wie ich es immer bin.« Eine einzelne Träne rann dem Versehrten durch das vernarbte Gesicht.

»Möchtest du das wirklich? Ich kann dir helfen, mein Freund.« Xalar beobachtete die unschlüssige Mimik seines Gegenübers.

»Du sagst, du kannst mir helfen? Niemand kann das. Nun machst du dich am Ende also über mich lustig. Für einen Moment habe ich geglaubt, du wärst nicht wie die anderen.« Laesaos machte eine wegwerfende Handbewegung. »Hilfe willst du mir anbieten. Du alter Narr. Dass ich nicht lache. Scher dich endlich fort, anstatt mich auch noch zu verhöhnen!«

»Ich verhöhne dich keineswegs.« Xalars Stimme klang versöhnlich. »Ich bin kein einfacher Wanderer.«

Der Alte sah vom Boden auf, direkt in Xalars Augen, und verharrte. Sein Kopf schien zu arbeiten, zu überlegen. »Was bist du dann? Ein Dieb? Scher dich weg! Bei mir gibt es nichts zu holen.« Nun klang er ungehalten, drohte mit der Faust.

Xalar erhob beschwichtigend die Hände. Die Ärmelsäume seiner Kutte rutschten an seinen Armen hinab. »Ich bin ein Magier. Erkennst du es nicht an meinem Stab? Ich kann dir dein eigentliches Äußeres wiedergeben, wenn du es willst. Du wirst wieder neuen Mut schöpfen und kannst unbeschwert ins Dorf ziehen, wenn du es möchtest. Niemand wird dich mehr wegen deines Aussehens behelligen.«

Laesaos lachte bitter. »Selbst wenn du das zu tun vermagst. Ich besitze nichts, um dich dafür zu entlohnen. Ich besitze kein Gold. Für mich besteht keine Hoffnung.«

»Sehe ich etwa so aus, als ob ich mich am Leid anderer Menschen bereichere?«, echauffierte sich Xalar. Eine seiner buschigen Augenbrauen bewegte sich nach oben. Seine Stirn warf Falten. Er deutete in einer unschuldigen Geste an sich herab. »Meine Kleidung ist nicht minder abgetragen als deine. Ich bin kein Quacksalber, der durch die Lande zieht und den Einwohnern von Dörfern Tinkturen verkauft, die nur dem eigenen Geldbeutel nutzen. Ich ziehe durch die Königslande, um den Menschen zu helfen. Ich verlange lediglich ein Dach über dem Kopf und etwas Essen. Das ist wahrlich kein hoher Preis für deine Genesung. Was sagst du, guter Mann? Schlägst du ein?«

Ihr seht, es besteht immer Hoffnung. Man muss nur dem richtigen Menschen oder wie in diesem Falle dem richtigen Magier begegnen.

Ob es in der nächsten Erzählung Hoffnung für den armen Ork gibt? Nun, Ihr werdet es sehen.

Sie

Tsa schaute besorgt über den Rand seines Kanus. Das Wasser spiegelte sein Gesicht als verzerrte Fratze wider. Im Mondschein wirkte seine ledrige Haut noch blasser als sonst.

Unter ihm rührte sich nichts. Sie schien ihn noch nicht bemerkt zu haben. So hoffte es Tsa zumindest. So unwahrscheinlich es ihm auch erschien.

Er atmete tief ein. Schweiß rann ihm von der Stirn. So lautlos er es vermochte, tauchte er das Paddel erneut ein und zog es zögerlich durch das Nass. Das schmale Holzboot schob sich vorwärts, entfernte sich um ein paar weitere Fuß von der bergigen Insel in der Mitte des Sees. Von seiner Heimat. Niemals wieder würde er das Höhlensystem zu Gesicht bekommen, in dem die Orks, seine Clanmitglieder, lebten. Umgeben von der Tiefe, in der Sie hauste. Denn Sie bot einen effektiven Schutz vor Feinden und verlangte als Preis dafür von Zeit zu Zeit ein Opfer. Ein Opfer aus den Reihen derer, die ihren Schutz nur allzu gern in Anspruch nahmen.

So behauptete es zumindest die Schamanin. Niemand widersprach dem alten Weib. Nicht einmal der Clanführer.

Für Sie, das blutrünstige Monster, gab es keinen erdenkbaren Namen, der ihrem Schrecken auch nur annähernd gerecht wurde. Darum nannte man sie seit Jahr und Tag eben nur Sie und fürchtete sich vor ihr.

Tsa schloss die Augen, dachte an seinen jüngeren Bruder. Tul. Ein Ork wie ein Fels. Ein stattlicher Krieger, der keinen Zweikampf scheute. Das komplette Gegenteil seiner selbst.

Tul war es bestimmt, in nicht allzu ferner Zeit der Anführer des Clans zu werden. Eines Tages würde er den Clanführer im Zweikampf besiegen, um selbst die Herrschaft zu übernehmen.

Wäre da nicht Sie, erinnerte sich Tsa und beäugte erneut argwöhnisch die spiegelnde Wasseroberfläche. Kein leises Plätschern, keine leichte Welle, nicht einmal verräterische Luftbläschen störten die mörderische Stille. Tsa wünschte sich, Sie würde sich seinen Augen wenigstens zeigen. Doch den Gefallen blieb Sie ihm schuldig.

Das Knochenorakel der Schamanin hatte Tul als nächste Opfergabe für Sie erwählt. Schon am Morgen des nächsten Tages sollte sein Bruder in den See steigen. Tsa erkannte darin eine Intrige, die einzig dazu dienen sollte, einen unliebsamen Konkurrenten kampflos aus dem Weg zu räumen.

Nur das Opfer eines Orks vom Blut des Auserwählten vermochte zu verhindern, dass man seinen Bruder an Sie verfütterte. Nach dem Gesetz der Orakelsprüche durfte niemand ein zweites Mal auserwählt werden. Darin lagen Tsas einzige Hoffnung und Trost.

Der junge Ork fürchtete sich vor dem, was er vorhatte. Das Boot trieb still im offenen Wasser. Weit entfernt vom anderen Ufer. Man sollte es am nächsten Morgen einsam treibend vorfinden und feststellen, dass er, der Bruder des Auserwählten, fehlte. Blut für Blut. So wie es das Gesetz verlangte.

Sein Blick schweifte über das mondbeschienene Nass. Vielleicht mochte Sie ihn sofort verschlingen, vielleicht auch vorher ein wenig mit ihm spielen. Vielleicht, aber auch nur vielleicht, mochte er sogar am rettenden Ufer angelangen und sein Leben in Einsamkeit weiterleben.

Versteckt vor dem Clan, um den Schwindel nicht auffliegen zu lassen, von dem nur er allein wusste. Der ihn und seinen Bruder bis ans Ende ihrer Tage entehrte. Doch er würde sich nicht dafür schämen, denn was der Clanführer tat, erschien Tsa noch weniger ehrenvoll.

Tsa stand auf. Das Boot schaukelte, wankte.

Er schaute ein letztes Mal zurück auf die Feuer, die die Felsenhöhlen erleuchteten. Ein letztes Gebet an die neun Götter des Krieges huschte über seine Lippen. Mit dem Mut der Verzweiflung schluckte er die Angst vor dem Ungewissen herunter, holte tief Luft und ließ sich ins kalte Wasser gleiten.

Ich weiß nicht, wie es Euch ergeht, aber dieser Sie möchte ich keinesfalls begegnen. Mich gruselt es immer, wenn ich mir vorstelle, wie Sie wohl aussehen mag. Dabei ängstigen die kriegerischen Orks mich schon mehr als genug.

In der nächsten Geschichte geht es weniger düster zu. Das verspreche ich Euch.

Das Versprechen der Liebe

Prostatis genoss jede Berührung ihrer Haut. Samtig und weich. Dasiki lag in seinem Arm. Ihr Haupt ruhte auf seiner Schulter. Sie atmete ruhig und gleichmäßig. Ein feiner Hauch durchströmte sein Brusthaar mit jedem ihrer Atemstöße. Der junge Holzfäller streichelte ihren nackten Rücken. Dasikis Haut fühlte sich an wie junge Borke. Glatt und kühl. Sanft küsste er ihr Haar. Es roch nach Moos und Laub.

Über ihm zogen die Wolken dahin, noch rot verfärbt von der aufgehenden Sonne.

Er lag inmitten eines uralten Waldes. Die ausladenden Äste der Bäume griffen nach den Wolken und schienen sie nur um wenige Fingerbreit zu verfehlen. Die Luft war schwer. Er schwitzte.

Prostatis seufzte. Die letzte Nacht verging viel zu schnell für seinen Geschmack. Noch nie in seinem Leben hatte er so intensiv geliebt, sich jemandem so nah gefühlt. Sein Herz pochte wilder beim Gedanken an ihre Berührungen. An ihre Finger, die sprießenden Ästen gleich über seine Brust geglitten waren.

Dasiki begann sich zu regen. Ihr Kopf erhob sich. Sofort verlor sich Prostatis wieder in ihren Augen, deren Farbe er nicht eindeutig zu benennen vermochte.

In einem Moment schimmerten sie noch so grün wie das Laub der Bäume. Die gleiche Farbe, die auch Dasikis Haut zierte. Im nächsten Moment verfärbten sie sich schon wieder braun wie die Erde und ähnelten der Farbe ihres Haares.

»Ich muss gehen«, sagte sie. Ihre Stimme klang, als sänge ein lieblicher Vogel seine morgendliche Melodie. Dennoch rissen ihre Worte ihn mit aller Wucht aus seinem Wunschtraum, ewig mit ihr hier liegen zu bleiben. Sein Arm umklammerte ihren Körper, hielt sie zurück, drückte sie fest an sich. »Bitte bleib bei mir«, flüsterte Prostatis.

Sie schüttelte energisch den Kopf. »Ich kann nicht.«

»Warum nicht, Liebste? Ist es, weil du nicht aussiehst wie ein Mensch? Ich fürchte mich nicht vor dir. Das solltest du seit letzter Nacht doch wissen. Lass uns irgendwo hier im Wald ein Heim bauen und den Rest unseres Lebens gemeinsam verbringen.«

»Es geht nicht«, seufzte Dasiki. »Ich bin eine Dryade und du ein Mensch. Du kannst gehen, wohin du willst. Ich hingegen muss bei meinem Lebensbaum bleiben. Bin ich zu lange nicht mit ihm vereint, so sterbe ich.«

Die Dryade entwand sich aus seiner Umarmung. Stellte sich auf. Nur widerwillig ließ der Holzfäller sie gewähren. Er blickte zu ihr auf, betrachtete ihren zarten Körper. Unverhüllt und ohne Scham stand sie vor ihm.

»Ich will aber nicht, dass du gehst.«

Nachdenklich sah sie ihn an. »Du darfst mich wiedersehen, Prostatis.«

Des Holzfällers Augen weiteten sich. Sein Herz hüpfte und tanzte vor Freude. »Wann, meine Holde? Wann darf ich dich wiedersehen?«

»Schon heute Nacht, wenn du magst.«

Prostatis fühlte, wie sich seine Mundwinkel vor Begeisterung in die Breite zogen.

»Wenn du mir etwas versprichst«, setzte die Grünhäutige nach. Ihr Vogelgezwitscher klang fordernder als noch zuvor.

»Ich verspreche, dass ich meine Axt nie wieder in einen Baum schlagen werde. Ich werde kein Holzfäller mehr sein.«

Dasiki lächelte mild. Sie erklomm den knorrigen Lindenstamm in ihrem Rücken. Ein mächtiger Baum. Prostatis vermochte nicht einzuschätzen, wie viele starke Männer es wohl brauchte, um ihn in einer Menschenkette zu umschließen.

»Das freut mich.« Ein mildes Lächeln bildete sich auf ihrem Gesicht. »Doch werden früher oder später

76

andere Männer kommen, um meinen Hain zu roden. Kannst du mir versprechen, sie davon abzuhalten, wenn sie in Scharen anrücken? Du ganz allein? Selbst gegen den Willen deines Herrschers?«

Das Grün ihrer Haut verschmolz mit der Rinde des Baumes. Prostatis erkannte nur noch einen vagen Umriss ihres Körpers. Hilflosigkeit breitete sich in ihm aus.

»Kannst du allein mich und meinen Baum beschützen, wenn dein Herrscher Holz für seine Schiffe oder für die Häuser seiner Bauern benötigt?«

Die liebliche Stimme hallte nur noch in seinem Kopf. Längst schon stand er auf seinen Beinen, zitterte am ganzen Leib. Er begriff, dass er die Dryade nicht mehr zurückhalten konnte. Genauso wenig wie er das Versprechen würde halten können, das sie ihm da abverlangte. Die Erkenntnis machte ihn wütend und traurig zugleich.

»Versprich es mir bei deinem Leben und ich werde jeden Abend bei dir liegen.«

Ihr Umriss verblasste. Tränen traten ihm in die Augen. Er griff nach seiner Axt, schleuderte sie tief in den Wald hinein und brüllte seinen Schmerz mit aller Kraft hinaus.

Vor ihm stand nur noch die alte, knorrige Linde.

Ein Versprechen, welches wohl auch niemand der hier Anwesenden zu geben vermag. Der arme Tropf. Es heißt, er harrt noch immer vor der Linde aus.

Doch wir wollen hier und heute kein Trübsal blasen. Ich schätze, die nächste Geschichte dürfte Euch amüsieren. Ich muss jedes Mal schmunzeln, wenn ich sie erzähle.

Dürfte ich vorher noch etwas Tee bekommen? Vielen Dank!

Mondkleid

Anires, warum sind wir eigentlich den ganzen Tag gefahren, als sei ein wütender Drache hinter uns her?«, fragte Helvia unvermittelt. Ihr Hintern tat noch immer schrecklich weh vom harten Kutschbock.

Anires schaute vom knisternden Feuer auf. Der wärmende Schein malte Schatten in ihr faltiges Gesicht. Die Schatten tanzten mit dem säuselnden Wind, der den schmalen Rauchfaden mit sich nahm.

»Es wird besser sein, wenn wir dieses Königreich vor dem nächsten Vollmond verlassen haben, meine Schülerin.«

Helvia legte den Kopf in den Nacken. Durch die Wolken strahlte es hell. »Bis zum Vollmond dauert es noch zwei Tage.«

»Das wird uns gerade genug Vorsprung sein, um mit unserem Sack voll Gold rechtzeitig über die Grenze zu gelangen.«

»Ich verstehe nicht, Anires. Warum hetzen wir so? Wir haben doch nichts zu befürchten.«

»Das denkst du, Kind.« Die fahrende Schneiderin schmunzelte schelmisch, so wie nur sie es vermochte. »Das denkt auch die Prinzessin.«

»Wir haben ihr doch ein Kleid gefertigt genau so, wie sie es wünschte. Perfekt auf ihren Leib geschneidert. Wie geschaffen, um beim Mondfest zu glänzen. Ich hätte es so gerne noch beim Ball bewundert, gesehen, wie es im fahlen Mondlicht schimmert.« Helvia seufzte voller Sehnsucht. Ein solch schönes Kleid hatte sie noch nie gesehen, geschweige denn selbst getragen.

»Ja, wie geschaffen, um beim Mondfest zu glänzen, fürwahr«, murmelte Anires. »Es beim Ball zu bewundern wäre uns dennoch wahrlich nicht wohl bekommen.«

Von irgendwoher heulte ein Wolf. Die Pferde wieherten leise und Helvia zuckte zusammen. »Was hast du getan, Anires?«

Die Schneidermeisterin schnaubte verächtlich: »Die Prinzessin hat sich ihre Lektion in Demut redlich verdient. Hast du ihre Arroganz gesehen? Wie einfache Dienstmägde hat sie uns behandelt. Dabei wird sie keine bessere Schneiderin finden als mich. In allen Königslanden kennt und schätzt man meine Kunst. Wie sie mit ihren Mägden umgegangen ist, davon möchte ich gar nicht reden. Du hast es mit eigenen Augen gesehen. Nicht einmal dem König selbst hat sie gebührenden Respekt gezollt. Sie wird sich noch wundern. Dieses hochnäsige, verwöhnte Gör. Indem sie alle um sich herum verspottet, macht sie sich nur selbst zum Gespött.«

Anires setzte wieder dieses für sie so typische Lächeln auf.

Helvia sah ihrer Meisterin an, dass sie etwas angestellt hatte, zerbrach sich den Kopf darüber, was es sein mochte. Noch einmal fragte sie: »Was hast du getan, Anires?« Dieses Mal klang sie fordernder als noch zuvor.

Anires zuckte mit den Schultern. »Nichts. Ich habe ihr ein Kleid gefertigt, so wie sie es sich wünschte.«

Das Antlitz der Schneiderin verriet Helvia, dass etwas an dieser Aussage nicht stimmte.

»Du hast etwas mit dem Kleid angestellt, nicht wahr? Hast du es etwa heimlich zerschnitten, nachdem wir unser Gold bekommen haben?« In der jungen Frau wuchs die Furcht vor dem Zorn der Prinzessin. Sie sah sich schon eingesperrt im dunkelsten Verlies der Burg des Königs.

Anires schüttelte den Kopf. »Ich habe es nicht zerschnitten. Das wäre doch viel zu plump, zu offensichtlich, und man hätte uns längst gefangen genommen. Mein Kind, du musst lernen, gewitzter zu agieren.«

Helvia traute sich fast nicht zu fragen. »Was war es dann?«

Anires ließ noch etliche Momente verstreichen, bevor sie die Antwort preisgab. Helvia endlich von ihrer Spannung erlöste. »Nun, ich habe Magie in den Stoff gewoben. Es ist ein wahres Mondkleid geworden. Ganz so, wie sie es wollte. Zumindest auf den ersten Blick.« Die Meisterin nahm einen Schluck aus ihrem Becher, schluckte den Wein geräuschvoll herunter. »Deshalb werden wir auch in aller Frühe weiterfahren, als ob ein Drache hinter uns her wäre. Schon bald mag es in der Tat so sein. Im übertragenen Sinne, versteht sich.« Sie zwinkerte. Schon wieder lag der schelmische Ausdruck in ihrem Antlitz.

»Was passiert auf den zweiten Blick? Was bewirkt deine Magie, Anires?«

Die Meisterin lehnte sich vor. Die Flammen zeichneten Schatten auf ihr Gesicht. »Ich will es dir verraten, da des Königs Männer auch dich für deine Beihilfe zum Hochverrat hängen würden, wenn sie uns nur in die Finger bekommen. Niemand würde dir glauben, dass du nichts davon wusstest.«

Helvias Kehle schnürte sich zu beim Gedanken daran, am Galgen zu baumeln. Schweiß bildete sich auf ihrer Stirn. In ihrem Bauch grummelte es.

82

»Die hohen Herrschaften, die ausschweifend vielen geladenen Gäste werden Augen machen. Das garantiere ich dir. In Vollmondnächten zur Mitternacht, also genau dann, wenn der Ball der Prinzessin in vollem Gange sein wird und sie das Mondkleid zum ersten Mal trägt, wird das Leinen durchscheinen.« Sie machte eine Pause und Helvia zerriss es beinahe, da sie noch immer nicht verstand.

»Der Stoff wird Blicke durchlassen bis auf die Haut. Nichts wird den Augen der adligen Gesellschaft verborgen bleiben, obwohl es sich doch unter dem vermeintlich schützenden Kleid befindet.«

Helvia schlug die Hand vor den offen stehenden Mund.

Anires lachte wie ein Kind, das sich einen Streich mit seinen gestrengen Eltern erlaubte. Im nächsten Augenblick schwenkte ihr Gesichtsausdruck wieder in Ernsthaftigkeit um. »Die Prinzessin wird staunen, Kind. Sie wird staunen, wie es sich anfühlt, verspottet zu werden. Hoffentlich lernt sie ihre Lektion.«

Habe ich Euch zu viel versprochen? Habt Ihr Euch köstlich amüsiert? Dann ergeht es Euch sicher wie den geladenen Gästen. Zu schade, ich wäre gern bei dem Fest zugegen gewesen. Bedauerlicherweise war ich nicht eingeladen. Doch es nutzt nichts, sich im Bedauern zu suhlen. Stattdessen werde ich lieber weiter erzählen, wenn es Euch beliebt.

Sternenglanz

Sulfur breitete seine gewaltigen Schwingen aus. Ließ sie ein paar kraftvolle Bewegungen ausführen, auf dass der Staub zu seinen Füßen aufwirbelte. Im Dunkel der Nacht verschwand sein schwarzer Leib beinahe.

»Langsam, langsam, du Kraftprotz«, meldete sich sein Bruder Namores zu Wort. »Willst du etwa vor uns losfliegen, um dir einen Vorsprung zu verschaffen?« Seine roten Schuppen rieben übereinander, als er sich erhob und zum Start bereit machte.

Lycra fragte genervt: »Ihr glaubt doch nicht wirklich, dass ihr den Sternen ihren Glanz stehlen könnt und durch diese Tat zum Herrscher der Welt aufsteigt?«

»Warum sollte es nicht stimmen?«, grummelte Sulfur.

»Ja, Schwesterlein, warum sollte die alte Legende eine Lüge sein?«, fiel der rote Drache, fröhlich gestimmt wie immer, ein.

»Weil es nichts weiter ist als eine Legende, eine Mär, die sich die Menschen seit tausenden von Jahren erzählen.« Ihr schmaler Körper bebte. Das Gelb ihrer Schuppen glänzte im Sternenlicht. »Warum wohl ist es bisher niemandem gelungen, sich zum Herrscher der Welt zu krönen?«

»Eine berechtigte Frage«, stimmte der Rote zu. Seine geschlitzten Augen richteten sich auf Sulfur.

»Warum wohl? Weil die Menschen nicht fliegen können.« Er machte eine Pause, sah die beiden anderen Drachen eindringlich an, bevor er verkündete: »Uns Drachen allein ist es vorbehalten, über die Welt zu herrschen. Unsere kräftigen Schwingen werden uns in die Höhe tragen. Hoch hinauf, bis zu den Sternen.« Er stampfte mit der Vorderpranke auf, dass der Boden erzitterte. Seine Krallen hinterließen eine unverkennbare Kratzspur im Boden. Seine Stimme erhob sich erneut. Dieses Mal bestimmender als noch zuvor. »Wir haben genug Zeit vergeudet. Lasst unser kleines Wettrennen endlich beginnen. Wer den Sternenglanz zuerst berührt, der soll der Herrscher sein.«

Bevor Lycra protestieren konnte, forderte er sie auch schon auf, das Startsignal zu geben. Mit ausgebreiteten Schwingen warteten sie alle drei gebannt auf das Kommando. Die Drachin zählte eher gelangweilt, denn wirklich an diesem Rennen interessiert.

»Drei!«

Sulfur und Namores drückten ihre Körper zu Boden, um sich mit aller Kraft abstoßen zu können.

»Zwei!«

Lycra zog das Wort unendlich in die Länge. Ihr Schwanz schlängelte sich gelangweilt über den Boden.

»Eins und Start!«, brüllte Sulfur und erhob sich mit wilden Flügelschlägen vom Boden, bevor seine Geschwister überhaupt realisieren konnten, dass er sie übergangen hatte.

Von unten hörte er Lycra fauchen: »Das ist Betrug!«

»Hast du etwas anderes erwartet?« Der Rote lachte noch immer.

Sulfur stieg mit jedem Flügelschlag weiter auf, näherte sich der Wolkendecke. Seine Geschwister schlossen zu ihm auf, wie ihm ein Blick nach unten verriet. Deutlich erkannte er die Silhouetten seiner beiden Verfolger im Vollmondlicht. Die Bäume und Häuser der Menschen hingegen wurden immer kleiner, verschwammen vor seinen Augen. Die Luft wurde allmählich dünner. Erschwerte es ihm, zu atmen. Raubte seinen Schwingen die Kraft. Längst stieg er nicht mehr so schnell empor wie zu Beginn des Wettstreits. Doch sein Vorsprung erschien ihm noch immer ausreichend.

Er blickte nach oben, richtete seine Augen auf sein Ziel, einen leuchtend hellen Stern am Firmament.

Verwundert bemerkte er, dass das Licht noch genauso weit weg zu sein schien wie noch zu Beginn des Rennens.

»Ich kriege dich, Bruder«, johlte eine Stimme unter ihm. Der schlangenförmige Körper seiner Schwester näherte sich. Ihre Statur glich der seinen in keiner Weise. So schmal wie sie war, so filigran.

Er keuchte vor Anstrengung. Die Höhe raubte ihm die Luft. Aber aufzugeben kam für ihn überhaupt nicht in Frage. Er verdoppelte seine Anstrengungen, ließ seine ledernen Flughäute noch häufiger schlagen. Doch es nutzte nichts. Lycra kam ihm immer näher.

»Ich gebe auf«, drang es schwach an sein Ohr.

»Typisch für dich, Namores«, fauchte die Gelbe abwärts.

Sulfur jubilierte innerlich. Zumindest einen Verfolger hatte er abgehängt. »Der Schwächste aus unserem Schlupf. Schon immer gewesen.« Er bemühte sich, stark zu klingen, doch gelang es ihm nur, die Worte herauszupressen. Der Atem des schwarzen Drachen ging stoßweise. Die Sterne vor seinen Augen begannen zu verschwimmen, als tanzten sie miteinander einen mitternächtlichen Reigen.

Seine Schwingenschläge verloren an Kraft. Neben ihm tauchte ein schlangenhafter Körper auf und ein

Drachengesicht griente ihn verstohlen an, sodass die spitzen Zahnreihen das Mondlicht spiegelten.

»Du bist kaum stärker als er. Ich werde mir den Sternenglanz holen.«

Sulfur fehlte die Kraft für eine Erwiderung. Er fragte sich, wie es sein konnte, dass seine Schwester noch die Luft fand für ihre kleinen Gehässigkeiten.

Noch immer kam es ihm vor, als ob die tanzenden Sterne noch etliche Tagesreisen entfernt wären. Er mobilisierte seine letzten Kraftreserven. Mit Mühe gewann er wieder eine Halslänge Abstand, ließ seine Drachenschwester seine Kraft spüren.

Die Anstrengung forderte ihren Tribut. Die Luft wurde ihm immer knapper. Er japste jämmerlich. Seine Flügelbewegungen setzten aus. Vor seinen Augen erschien ihm die Farbe seiner eigenen Schuppen. Tiefe Dunkelheit umfing ihn. Von außen hörte er schrille Schreie. Sie klangen ängstlich, gar besorgt. Doch das interessierte ihn nicht mehr. Reglos lag er in der Luft, die Flügel angeschmiegt an seinen massigen Körper. Sulfur spürte, wie er an Höhe verlor, ohne etwas dagegen tun zu können. Er rang nach Atemluft. Doch seine Lungen füllten sich kaum. Die Dunkelheit um ihn herum lähmte seine Glieder. Sein Bewusstsein verließ ihn.

Eine traurige Lektion, die der schwarze Drache sich in dieser Anekdote selbst lehrte. Findet Ihr nicht? Doch wenn Ihr glaubt, diese Geschichte hätte traurig geendet, dann wartet auf die nächste. Besorgt Euch besser ein Tüchlein für Eure Tränen, die gleich fließen werden.

Hüterin der Welt

Lumeria riss die Augen auf. Irgendwer rüttelte wie wild geworden an der verschlossenen Blüte, in der sie bis eben noch friedlich geschlummert hatte. Eine Stimme drang an ihr Ohr. Von Blütenblättern gedämpft und hysterisch verzerrt rief sie. Dennoch kam sie ihr in ihrer Schlaftrunkenheit vertraut vor.

»Lumeria, wach endlich auf! Sie stirbt! Beeil dich doch!« Jetzt erkannte sie die Stimme. Brisia.

Die junge Fee stieß die Blätter der immer noch schlafenden Blüte beiseite. Warme Luft schlug ihr entgegen. Ein Tropfen Tau benetzte ihr blütenweißes Haar. Die Sonne und der Mond standen kurz vor der morgendlichen Wachablösung und tauchten die Welt in ein herrliches Zwielicht.

Doch ihr blieb keine Zeit, all diese Schönheit um sich herum zu bewundern. Ihr bot sich nicht einmal die Gelegenheit, sich den Schlaf aus den Augen zu reiben.

»Endlich bist du wach! Los, beeil dich!« Brisia schwebte mit aufgeregt flatternden Flügeln vor ihr in der Luft. »Komm schon! Sonst kommen wir zu spät. Orbi ... sie ... sie stirbt. Es wird nicht mehr lange dauern.«

Lumeria schluckte einen dicken Kloß herunter. »Das kann nicht sein, Brisia. Das darf nicht sein. Bist du dir sicher?«

Noch bevor sie ihre Antwort vollständig auszusprechen vermochte, eilte die blauhaarige Fee bereits voraus. Lumeria schüttelte ihre Verwunderung und den letzten verbliebenen Rest Schlaf ab. Nach einem bösen Traum, aus dem sie jeden Moment erwachen könnte, fühlte es sich leider nicht an. Sie musste demnach tatsächlich wach sein. Also spreizte sie die Flügel auf ihrem Rücken und folgte ihrer Freundin.

Ihre durchscheinenden Flügelchen überschlugen sich fast vor Sorge um die gute alte Orbi. Lumerias Herz und ihren Gedanken erging es kaum anders. Sie beeilte sich, so gut sie konnte, stieß auf ihrem Weg immer wieder gegen Blütenstängel und fühlte dennoch keinen Schmerz außer den in ihrem Herzen.

Der Weg über die Wiese hinüber zum Schlafplatz der Hüterin der Welt erschien ihr nicht enden zu wollen. Dabei kannte sie dieses Blumenmeer wie ihre Schlafblüte und wusste genau um die eigentliche Kürze der Strecke.

Im warmen Schein der Sonne blühte die Farbenpracht inmitten der Gräser jeden Morgen aufs Neue auf, nur um sich bei einsetzender Dunkelheit wieder zum Schlafen zu schließen. Ein wundervolles Naturschauspiel, von dem sie nie genug bekommen konnte. Welches sie nie wieder sehen würde, wenn das geschah, was sie nie für möglich gehalten hätte. Wenn die Hüterin starb.

Erneut zwängte sich ein dicker Kloß durch ihren Schlund. Lumerias Finger krallten sich an ihrem Zauberstab fest. Sie flatterte noch angestrengter mit den Flügeln, kämpfte gegen die laue Sommerbrise an. Sie schloss zu Brisia auf, gelangte an ihre Seite. Auch ihre Vertraute zog ein sorgenvolles Gesicht, in dem sich die Anstrengung des wilden Fluges widerspiegelte.

Endlich erkannte Lumeria den ersehnten Hügel vor sich. Moos und Gräser wucherten auf der rundlichen Oberfläche. Sie befand sich kurz vor dem Ziel.

Beide Feen setzten gleichzeitig zur Landung an und kamen kurz vor Orbis Kopf zum Stehen, der aus dem mit Pflanzen überwucherten Panzer ragte. Schlaff lag er auf der Erde. So wie auch der gesamte Panzer und die ausgestreckten Beine.

Ein leises »Orbi …« glitt Lumeria über die Lippen, dabei wollte sie sie am liebsten anschreien und schütteln, um sie zu wecken. Doch es fehlte ihr die Kraft dazu. Tränen flossen wie Bäche über Lumerias Wangen. Sie wollte sich nur noch abwenden und ihrer

Freundin in die Arme fallen. Der Tränenflut freien Lauf lassen.

»Schau nur! Ihre Augen sind noch offen, Lumeria. Sie lebt noch!«

Die junge Fee öffnete ihre geröteten Augen. Schaute genauer hin. Schniefte. Es steckte tatsächlich noch ein Funke Leben unter der ledrigen Haut.

Die alte Schildkröte hob mühevoll den Kopf, versuchte sich an einem freundlichen Lächeln. »Es freut mich, dass ihr da seid, meine Kinder.« Sie hauchte die Worte mehr als sie sie sprach. »Meine Zeit auf dieser Welt neigt sich dem Ende zu. Ich spüre es.«

»Du darfst nicht sterben!«, protestierte Lumeria. »Mein Zauberstab wird dich retten.«

Die Hüterin schüttelte bedächtig den Kopf. Es kostete sie viel Mühe, wie die Fee trotz ihres tränenverschleierten Blicks erkennen konnte.

Mit heiserer Stimme sprach Orbi: »Natürlich darf ich das. Nichts auf der Welt lebt ewig und das ist auch gut so, mein Kind. Jedes Leben weicht irgendwann einem neuen. Es ist ein ständiges Kommen und Gehen. Der eine bleibt länger, der andere geht früher. Aber sterben müssen wir alle. Dein Zauberstab wird dir also nichts nützen.« Ein tiefes Schnaufen der Hüterin ließ die Fee zusammenzucken. »Du vergisst, dass dein Stab nur die Wünsche derer erfüllt, die nicht zum Volk der Feen gehören.«

»Dann wünsche es dir doch einfach, zu leben!« Lumeria hörte, wie sie aufgeregt kreischte, obwohl sie beabsichtigte, zuversichtlich zu klingen.

»Aber das ist nicht mein Wunsch.« Der Kopf der im Sterben Liegenden bewegte sich sachte hin und her.

Lumerias Hände ballten sich zu Fäusten vor lauter Hilflosigkeit. Sie wusste nicht wohin mit ihrem Schmerz. Die Wut über Orbis Sturheit zerriss sie innerlich.

»Aber du bist die Hüterin der Welt«, mischte sich Brisia ein. »Du darfst sie nicht allein lassen. Du kannst nicht einfach sterben. Du bist doch so alt wie die Zeit selbst. Wenn du stirbst, stirbt alles.«

Orbi nickte. »Hüterin der Welt. Ja, so nennt ihr mich.« Sie rang sich ein Lächeln ab.

»Du bist doch auch schon seit Anbeginn der Zeit da. Dein freundlicher, langsamer Gleichmut tut uns allen so gut. Stets weißt du einen guten Rat für uns Feen.« Brisia versuchte unter Tränen zu schmunzeln.

Lumeria schluchzte: »Was sollen wir nur tun ohne dich und deinen Rat? Unsere Welt wird mit dir untergehen, Orbi. Ohne ihre Hüterin kann sie nicht bestehen. Das musst du doch wissen.«

Das Zwielicht wich den ersten gleißenden Sonnen-strahlen. Orbis Haut wirkte dennoch fahl, als schiene noch immer der blassweiße Mond.

»Ihr werdet sehen, die Sonne wird weiterhin schei-nen, meine Freunde«, erwiderte die Schildkröte. »Nur eben nicht mehr für mich.« Orbis Augenlider schlos-sen sich. Ihr Kopf sank wieder zu Boden. Ein tiefes Seufzen erklang und ihre Atmung setzte aus.

Tränen kullerten über Lumerias Gesicht. Sie schluchzte und warf sich in die Arme ihrer Freundin, der es nicht anders erging.

Die Sonne stand am Himmel und ließ die bunte Blü-tenpracht ringsherum erwachen, als wäre nichts ge-schehen.

Wie ich sehe, hat Euch die Geschichte in der Tat sehr mitgenommen. Behauptet später bitte nicht, ich hätte Euch nicht gewarnt.

Doch nun lasst die Tränen trocknen. Die nächste Geschichte wird Euch sicher erfreuen, wenngleich sie sich um die todbringenden Trolle dreht.

Jagdglück

Gruma schlich der Spur nach. Tiefe Abdrücke zeichneten sich vor ihm ab. Frisch und unübersehbar versprachen sie ihm einen kapitalen Hirsch. Die Fährte führte in Richtung einer großen Lichtung. Die Sonne ließ den Schnee auf den Ästen um ihn herum glitzern. Der Wind blies ihm schwach entgegen, zerstreute den nebeligen Atem, den er ausstieß. So liebte er es. Sein eigener Geruch würde der Beute auf diese Weise nicht so leicht entgegen wehen.

Der Trolljäger schritt behutsam vorwärts, zwängte seinen massigen Körper durch den eng stehenden Tann. Vermied jedes Geräusch so gut er es vermochte, wollte den Hirsch doch nicht erschrecken. Denn sein Instinkt verriet ihm, dass das Tier ganz in der Nähe sein musste. Nur der Schnee knarzte leise unter seinen Füßen. Das ließ sich nicht ändern, egal mit wieviel Bedacht er seine Schritte setzte.

Gruma blieb stehen, bückte sich, tastete mit seiner mächtigen Pranke über die Abdrücke im alles verdeckenden Weiß. Die Kälte machte ihm nichts aus. Lediglich ein paar abgewetzte Felle schlangen sich um seine Hüfte und Schultern. Sie dienten mehr der Zierde denn zu seinem Schutz. Schnee haftete an seinen Fingern. Der Jäger verrieb ihn, bis er aus seiner Hand zu Boden rieselte, und führte die ausgestreckten Finger an sein Gesicht. Ein tiefer Atemsog durch die riesigen Nasenlöcher, und seine Lippen zogen sich zu einem vorfreudigen Lächeln auseinander. Ein Lächeln, durch das die Hauer im Unterkiefer noch mehr herausstachen.

Der Trolljäger konnte das saftige Fleisch schon förmlich riechen, wie es über dem offenen Feuer am Spieß schmorte und brutzelte. Das Wasser lief ihm im Mund zusammen. Sein Magen grummelte, während ihm seine Zunge den Geschmack saftigen Wildbratens vorgaukelte. Die letzte ordentliche Mahlzeit lag bereits einige Tage zurück. Er setzte sich wieder in Bewegung. Wenn er endlich mal wieder etwas Richtiges zu beißen bekommen wollte, dann musste diese Jagd erfolgreich enden. Es galt, keine Zeit zu verlieren.

Gruma näherte sich der Lichtung. Sie lag direkt vor ihm. Mit dem Arm schob der Troll einen Ast beiseite und seine Augen weiteten sich. Auf der anderen Seite der Freifläche stand das majestätische Tier. Es grub mit dem Vorderhuf im Schnee, suchte offensichtlich nach Futter. Sein Fell glänzte weiß und grau schattiert in der Sonne. Eine ungewöhnliche Farbe für einen Hirsch, die der Fährtensucher so noch nie in seinem

Leben zu Gesicht bekommen hatte. Doch noch seltsamer mutete das Geweih an. Es sah aus, als bestünde es aus purem Silber. Sein Glanz blendete Grumas Augen.

Vorsichtig bewegte er sich seitwärts, versuchte seinen muskelbepackten Körper hinter dem mit Schnee bedeckten Nadelgeäst zu verstecken. Seine Zunge leckte über die wulstigen Lippen. Mit einem derartigen Jagdglück hatte er noch bei Sonnenaufgang nicht gerechnet. Er durfte nun keinen Fehler begehen, wenn sein Magen am heutigen Abend nicht mehr knurren sollte.

Das ungewöhnlich gefärbte Fell würde er sicherlich zu verarbeiten wissen. Er malte sich aus, was er daraus alles fertigen könnte. Einen solchen Pelz besaß kein anderer Troll, den er kannte. Lediglich mit dem silbernen Geweih wusste er nichts anzufangen. Denn er machte sich nichts aus Silber, Gold oder anderen Metallen, die die armseligen Menschen und die winzigen Zwerge als ach so wertvoll erachteten. Kein Troll tat das. Kein Troll benutzte Metall. Es brachte seinem Träger nur Unglück, so erzählte man diese uralte Überlieferung aus dem Mund der Mutter aller Trolle schon den kleinen Kindern. Das ungewöhnliche Gestänge dieses Hirsches taugte höchstens für

100

eine schön ausgeschmückte Geschichte am abendlichen Lagerfeuer, um vor seinem Stamm anzugeben und zu prahlen.

Gruma packte seine Schleuder, griff einen Stein aus dem Lederbeutel, der an seiner Hüfte baumelte. Hier wo er stand, reichte der Platz nicht, um Schwung zu holen. Er schaute sich nach einer besseren Wurfposition um, trat einen weiteren Schritt zur Seite. Ein Ast knackte unter seiner Sohle. Ein geflüsterter Fluch folgte aus seinem Mund. Erschrocken sah der Jäger hinüber zu seinem Beutetier. Mit hoch erhobenem Haupt stand es da. Ihre Blicke trafen sich. Gruma hielt den Atem an, bewegte sich nicht ein Stück. Er fürchtete um seinen Braten, sah ihn schon davoneilen. Doch zu seiner Überraschung senkte der Silberne seinen Kopf wieder und setzte seine Nahrungssuche in aller Seelenruhe fort.

Der Jäger grunzte zufrieden. Er hob seinen Arm und die Schleuder in seiner Hand begann zu kreisen. Das Geschoss in der Lasche drehte sich immer schneller über seinem Kopf. Die Schlaufe zerschnitt die nach Harz riechende Luft und verursachte ein leises Pfeifen. Gleich würde er den Stein in Richtung seines Ziels jagen lassen und dem Hirsch den Schädel brechen.

Hinter ihm flüsterte eine Stimme: »Halt! Nicht werfen! Oder du wirst es bereuen.«

Gruma ließ die Schleuder auspendeln und senkte den Arm. Den Hirsch hatte der Sprecher zum Glück nicht verschreckt.

Verärgert über die Störung drehte sich der Troll um und starrte in ein wohlbekanntes Gesicht. Eine hässliche Fratze voller Schmucknarben, in der der abgebrochene linke Hauer besonders ins Auge stach. Vor ihm stand Worra, sein Jagdgefährte. Er machte ein ernstes Gesicht.

Ehrfürchtig forderte er: »Töte ihn nicht!« Sein knorriger Finger zeigte hinaus auf die Lichtung.

»Warum nicht?«, schnaubte Gruma. »Wir beide haben Hunger. Da drüben steht Fleisch. Saftiges, frisches Fleisch. Es wartet nur darauf, abgeschlachtet zu werden. Selbst jetzt noch, obwohl es dein Geschnatter bestimmt gehört hat. Warum sollte ich also meinen Stein nicht werfen und dem Vieh endlich den Schädel zerschmettern?«

Worra antwortete mit ruhiger Stimme: »Weißt du nicht, was da vor dir steht, alter Freund?« Seine steingrauen Augen leuchteten wie die eines Trollkindes, nachdem es seinen ersten Gefangenen erschlagen durfte.

102

»Ein Hirsch. Was sonst?« Gruma zuckte mit den Schultern.

Worra schüttelte den Kopf. Seine ledrigen Wangen wabbelten. »Das ist kein Hirsch. O nein. Kennst du die alten Überlieferungen der Mutter nicht?« Er wartete gar nicht erst ab, bis Gruma ihm etwas antwortete. Unbeirrt fuhr er fort. »Das ist ein Sradjur. Ein Silberhirsch. Ein seltenes Tier. Sehr selten. Nur wenigen ist es vergönnt, einen aufzuspüren, so heißt es. Die Mutterworte sagen, dass dem, der dieses Hirschlein zu Gesicht bekommt, ein Leben voller Glück bestimmt sein wird. Wer ein solches Lebewesen tötet, dem wird das Unglück auf Schritt und Tritt folgen, solang er atmet. Selbst seinen Nachfahren wird es nicht besser ergehen. Willst du das?«

Gruma schaute über seine Schulter. Der Silberhirsch äste noch immer ganz entspannt.

Sein Magen knurrte. »Verdammter Zwergenschiss! Dann hungern wir eben«, brummte er. Nachdenklich sah er herab auf die Schleuder in seiner Hand. Erneut fasste er das Tier ins Auge, betrachtete es aus einer neuen Perspektive.

Ihr seht, wie unverhofft das Glück einen zu überrumpeln vermag. Selbst ein Troll scheint dagegen nicht gefeit. Wobei diese beiden wohl zunächst einmal hungrig blieben, was für einen Troll ganz sicher einem Unglück gleichkommt.

Da ich gerade darüber spreche: Ist es recht, wenn ich mir ein oder zwei Stücke Eures Gebäcks vom Tisch nehme? Es sieht so schmackhaft aus und in meinem Bauch rumort es bereits fürchterlich.

Vielen Dank! Wie köstlich. Der Keks schmeckt noch besser, als er aussieht. Ich möchte sagen: göttlich.

Vielleicht genau der richtige Moment, um Euch von einer Göttin zu berichten.

Mornas Spiel

Morna tauchte durch die Strömung. Über ihr brach sich das Sonnenlicht an der Wasseroberfläche und schaffte es nicht, die alles umspülenden Wogen zu erwärmen. Die Strahlen verloren sich, je tiefer sie ins Nass hinabtauchten. Den Grund des Gewässers würden sie nie erreichen. Das wusste Morna nur allzu gut.

Zwischen den Wellen schaukelte ein Schatten an der Oberfläche hin und her. Morna umkreiste den dunklen Umriss. Ganz langsam. Ganz genüsslich. Die Menschen in dem Fischerboot sollten ihren Schattenriss entdecken, schon lange bevor sie aus dem Wasser auftauchte und sich den Fischern in voller Größe präsentierte. Die Schlange verspürte bereits das vertraute Kribbeln, das sich immer einstellte, wenn sie diese unbändige Vorfreude überkam. Vorfreude auf die entsetzten Gesichter. Vorfreude auf das frische Fleisch. Menschenfleisch. Ein äußerst seltener Leckerbissen hier mitten auf hoher See.

Noch eine letzte Runde um die Nussschale und sie tauchte auf. Ihr schmaler Kopf schob sich nach oben. Das Wasser wich zur Seite, machte ihr beinahe ehrfürchtig Platz.

Die drei Männer duckten sich, als sich Mornas Kopf hoch über sie erhob. Dicke Tropfen perlten von ihrem schuppigen Körper direkt zurück ins Meer. Salziger Wind umspielte ihren Leib.

Vor ihr in dem schaukelnden Holzboot kauerten die drei Kerle. Ein blonder Jüngling, ein Fetter und ein Schmächtiger. Verängstigt wie Kinder. Der Anblick entzückte Morna, erfüllte sie mit tiefer Zufriedenheit. Sie züngelte.

»Das ist sie«, stammelte der Blonde. »Das ist Morna, die Göttin der See.«

»Du spinnst doch! Das ist eine Seeschlange.« Die Stimme gehörte dem Schmalgesicht. Er wirkte weniger beeindruckt als sein Vorredner.

»Eine ziemlich riesige Seeschlange«, stimmte der Stämmige zu.

»Das ist die Seegöttin. Glaubt mir doch. Ich kenne viele Geschichten über sie.«

Morna bemerkte, dass keiner der drei sie direkt ansah. So war es immer. Jedes Mal kauerten ihre Opfer mutlos in ihren Holzschalen. Was wusste sie schon, was für Geschichten man sich an Land über sie erzählte. Die Menschen waren sonderbare Wesen, die in ihren Augen viel zu viel auf mystische Geschichten gaben.

»Schweigt, Sterbliche. Der Junge hat recht. Ich bin Morna, gefürchtet als Göttin der See.«

Bis auf den leichten Wind und das Rauschen des Meeres herrschte Stille.

Die Seegöttin beäugte die drei Fischer. Keiner rührte sich. Sie züngelte, roch die Angst.

Der schmale Schlacks fing sich als Erster. Tatsächlich fasste er den Mut, sie zu fragen: »Was willst du von uns, Morna? Wir sind nur arme Fischer. Wir können dir nichts geben.« Seine Augen klebten voller Ehrfurcht an der Wasseroberfläche.

Vor Freude erregt antwortete die Riesenschlange: »O doch, ihr könnt mir so vieles geben.« Ihr Körper schlängelte sich enger um das Boot, versetzte die Wasseroberfläche in Bewegung und ließ das Boot schaukeln. »Wir spielen ein Spiel. Dem Gewinner winkt unendlicher Reichtum«, zischte sie.

»Traut ihr nicht, Freunde«, forderte das Milchgesicht. »Unser Gott ist Stöma, der Gott des Windes«, hielt er Morna entgegen. »Ihm vertrauen wir unser Leben an. Nicht dir.«

Die Schlange lachte laut auf. Es klang, als träfe die Brandung auf schroffe Felsen. »Ist das so? Stöma, mein Bruder? Der Gott, der euer Boot weit hinaus auf die See getrieben hat? Stöma, der euch eurer Ruder und des jämmerlichen Segels beraubt hat? Entschuldigt meine Frage, aber wo ist Stöma? Ich kann ihn nirgends entdecken. Ich hingegen bin hier, um euch aus der Not zu helfen. Und was macht ihr? Ihr bezichtigt mich, nicht vertrauenswürdig zu sein.«

Der Jüngling schluckte sichtbar. Gemurmel kam auf.

Morna zog ihre Körperschlinge enger um das Boot.

»Das Spiel geht so: Ich bringe euer Boot nach Hause. Denn aus eigener Kraft werdet ihr die heimischen Gestade niemals wieder erblicken. Einer von euch wird sogar mit unermesslichem Reichtum überschüttet. Ihr tut mir im Gegenzug einen klitzekleinen Gefallen. Einverstanden?«

Der Schmächtige nickte überschwänglich, ohne noch lange zu überlegen. Der Dickbauch stimmte sogleich mit ein. »Wie geht dieses Spiel?«, wollte er wissen.

Nur der Jüngling zögerte. Erst ein Stoß mit dem Ellenbogen des Schmächtigen brachte ihn dazu, ebenfalls zuzustimmen.

»Nun, da wir uns einig sind, erkläre ich euch die Regeln meines kleinen Spiels. Ein sehr amüsantes Spielchen. Ihr werdet schon sehen.« Mornas Stimme wechselte von einem glockenhellen zu einem bedrohlichen Klang. »Mich dürstet es nach Menschenblut. Ich gebe euch Zeit für eine kurze Beratung, dann springen zwei von euch ins Wasser. Nur den Dritten werde ich an Land geleiten und mit Reichtum überhäufen. Wer ins Wasser springt oder fällt, der wird gefressen.«

Entsetzen und Fassungslosigkeit standen in den Gesichtern der Männer. Sie starrten sich gegenseitig an, überlegten womöglich schon insgeheim, wie sie es schaffen sollten, der eine verbleibende Mann zu werden.

»Das kannst du nicht verlangen«, echauffierte sich der Jüngling.

»Und ob ich das kann. Ihr befindet euch in meinem Reich. Stöma wird nicht kommen, um euch zu retten. Es liegt nicht in seiner Macht. Ihr habt dem Spiel bereitwillig zugestimmt. Die Gier nach Gold und Silber treibt euch an. So wart ihr Menschen doch schon immer. Nun spielt es auch mit mir, mein kleines Spiel, Menschlein. Ansonsten verschlucke ich das gesamte Boot auf der Stelle und niemand wird gewinnen. Außer mir natürlich.

Übrigens werdet ihr nicht reich. Der versprochene Reichtum liegt darin, das kostbarste zu behalten, was ihr besitzt. Euer Leben.«

Neugierig beobachtete Morna das Geschehen. Auf ihren Schlangenlippen lag ein Lächeln. In den Gesichtern las sie den Schrecken und den unbedingten Willen zu überleben ab.

Der Schlacks schien bereits nach einer Möglichkeit zu suchen, wie er den Dicken unbeschadet über den Rand werfen konnte. Das Dickerchen wirkte nicht weniger lauernd. Nur der Jüngling schaute verunsichert drein, fürchtete wohl, als Erster ins Meer geworfen zu werden. Alle drei murmelten Gebete vor sich her. Der Angstgeruch steigerte sich ins Unermessliche. Mischte sich mit Adrenalin. Mornas Gaumen gierte nach dem so selten zu genießenden Geschmack.

»Dein Angebot ist Betrug«, empörte sich der jüngste Fischer in einem Anflug von Mut.

»Alles im Leben hat seinen Preis«, erhob sich Mornas Stimme donnernd. Sie schmeckte das Menschenfleisch schon förmlich auf ihrer Zunge. Spürte die zappelnden Leiber bereits durch ihren Schlund in den Magen gleiten. Voller Ungeduld zog sie ihren Körper enger um das Boot, zerquetschte es fast mit ihrem Leib. Wasser schwappte hinein. Ungeduldig befahl sie: »Entscheidet euch endlich! Jetzt!«

Möge einer die Götter verstehen. Nicht wahr? Mir gelingt ein solches Vorhaben bedauerlicherweise nur äußerst selten. Wenn überhaupt.

Da fällt es mir doch deutlich leichter, die Gedankengänge von Hexen nachzuvollziehen. Nach dieser Geschichte wird es Euch bestimmt ähnlich ergehen.

Oxinas Strafe

Ulisso stöhnte und schnaufte. Schweiß rann an seinem muskelbepackten Körper hinab. Umständlich versuchte er den Körper seines Sohnes von seinen Schultern zu nehmen und ihn so sanft wie möglich vor sich ins Gras zu legen. Sein breiter Stierkopf mit den langen, gebogenen Hörnern, die schon so manchen Widersacher durchbohrt hatten, erschwerte ihm dieses Unterfangen. Endlich gelang es ihm. Er kniete sich neben seinen Sprössling. Seine Sorge steigerte sich, während er sich seinen Sohn genauer besah.

Das Kind wirkte blass, fiebrig, und schien mehr tot als lebendig. Aus seinen Nüstern tropfte eine schleimige Flüssigkeit.

»Halte durch! Oxina wird dir helfen, mein Junge. Andernfalls wird dieser alten Hexe niemand mehr helfen können. Das schwöre ich bei meinem Bidenhänder. Ich schlitze sie von oben bis unten auf, wenn sie dich nicht rettet.«

»Du kniest vor mir und drohst mir zugleich. Was soll ich davon halten, altersschwacher Minotaurus?«

Ulisso riss erschrocken den Kopf hoch, sodass sich die Muskeln in seinem Nacken anspannten. Er sprang auf, richtete seinen Blick auf den Ort, von dem die Stimme kam. Vor ihm stand ein rothaariges Menschenweib mit einer Art Echse auf der Schulter. Die Hexe reichte ihm nicht einmal bis zur Brust. Sie sah jung und unerfahren aus, doch er wusste, dass sie älter und erfahrener sein musste als jeder andere Bewohner des Landes. Niemand ging freiwillig zu ihr ins Birkenwäldchen und klopfte ohne Not an ihre Türe. Doch Ulisso befand sich in einer Notlage und er sah keinen anderen Ausweg, um seinem Sohn das Leben zu retten.

Eines Klopfens bedurfte es nun nicht mehr. Oxina stand einfach so vor der offenen Türe, ohne dass er sie hätte kommen hören. Sie zeigte kein Anzeichen von Angst, obwohl er ihr körperlich um ein Vielfaches überlegen war. Mit den Augen funkelnd hielt sie seinem Blick stand.

»Du verlangst von mir, dass ich deinen Sohn heile, weil du mich ansonsten töten willst. Habe ich das richtig verstanden, gebrechlicher Krieger mit dem langen Schwert?«

Ulisso stockte, hätte ihr am liebsten gezeigt, wie viel Krieger in ihm steckte. Niemand durfte ihn ungestraft alt nennen. Befand er sich doch in bester körperlicher Verfassung. Doch er beherrschte seine Muskeln.

Denn sein einziger Sohn, sein ganzer Stolz, schwebte in Lebensgefahr. Krampfhaft überlegte er. Dem Minotaurus wollten die richtigen Worte nicht einfallen. Rhetorik zählte eben Zeit seines Lebens nicht zu seinen Stärken, die allesamt auf seine körperliche Kraft aufbauten. Sein Hals zog sich eng zusammen und stahl ihm die Luft zum Sprechen. Nicht wegen eines heimlichen Zaubers der Hexe, sondern weil sich die Furcht in ihm breitmachte, das Weib würde sich seines geliebten Illis nicht annehmen. Die Angst, seinen Sohn an dieses rätselhafte Fieber, diesen unehrenhaften Tod zu verlieren. Die Angst davor, dass Illis niemals zu einem stattlichen Krieger heranwachsen würde.

Der Minotaurus senkte den Kopf. Es kostete ihn Überwindung. Mit reumütiger Stimme bat er: »Bitte vergib mir, Oxina. Es ist nur … ich fürchte … mein armer Sohn … Er darf nicht sterben.« Seine Stimme klang schwach wie noch nie zuvor in seinem Leben.

In eisigem Tonfall antwortete die Hexe: »Soso, du fürchtest dich also, du sonst so unerschrockener Krieger. Nun, wenn die Götter ihn sterben sehen wollen, was soll ich dann dagegen tun können?«

»Bitte, Oxina. Man spricht allerorten von deiner Heilkunst. Man schwärmt regelrecht von dir. Ich

114

flehe dich an.« Ulisso beugte ein Knie und hielt ihr die kräftigen Hände in einer ehrerbietenden Geste entgegen.

Ein Lächeln umspielte ihre Lippen. Kein freundliches, sondern eins der finsteren Sorte. »Nun flehst du mich also an. Hast du mir nicht eben noch gedroht, mich zu töten? Wolltest du mich nicht von oben bis unten aufschlitzen? Was bist du nun: ein unerschütterlicher Krieger oder ein hilfloser, bettelnder Vater?«

Sie verharrte bewegungslos, betrachtete ihn und ignorierte den Kranken zu ihren Füßen.

Illis stöhnte, hustete und krampfte. Ulissos Herz schlug wild, begehrte gegen die unterwürfige Position und noch viel mehr gegen die Hilflosigkeit auf. Es kostete ihn viel Mühe, sich im Zaum zu halten. »Bitte, Oxina«, presste er hervor. »Bestrafe mich, wenn du möchtest, für meine Drohung, doch vorher rette meinen Sohn. Bitte! Er kann nichts dafür.« Er zwang sein Haupt noch tiefer hinab.

»Also gut, schaff ihn herein und schließe die Tür sogleich von außen wieder. Es steht nicht gut um ihn. Meine Kraft allein wird nicht ausreichen, ihn zu heilen. Er wird stärkere Heilkunst benötigen. Du kannst dich glücklich schätzen, denn ich verstehe mich darauf, eben jene Hilfe zu rufen.«

Der Minotaurus tat wie ihm geheißen und trug den beinahe bewusstlosen Jungen ins Innere der Hütte.

**

Ulisso lief vor der verschlossenen Türe achten. Er hörte die beschwörende Stimme der Hexe im Inneren und verstand dennoch kein Wort.

Mit Schaudern dachte er an die vielen durchsichtigen Gefäße zurück, die Oxina in ihren unzähligen Regalen lagerte. Aus manchen hatten ihn etliche tote Augen angeschaut. Des Minotauren Magen rebellierte. Er malte sich aus, wie das Weib den Inhalt eines dieser Gläser zur Heilung seines geliebten Sohnes verwenden würde. Ihn ekelte der Gedanke an einen Heiltrunk voller Augen.

Oxinas Stimme drang noch immer dumpf durch die einfache Brettertür. Wuchs zu einem lauten Singsang an. Klang zunehmend bedrohlicher. Steigerte Ulissos Sorge ins Unermessliche.

Er griff nach der Klinke, versuchte mit aller Kraft die Tür aufzureißen. Doch so sehr er auch rüttelte, sich mit der Schulter, seinem ganzen Gewicht dagegen warf, sie rührte sich nicht. Als sei sie aus zentnerschwerem Gestein und nicht aus morschem Holz.

116

Wütend und hilflos hämmerte er mit den Fäusten dagegen.

»Was machst du mit meinem Jungen, du garstige Hexe? Du sollst ihn heilen und keine dunklen Zauber an ihm ausprobieren!«

Zorn erwuchs aus Ulissos Verzweiflung. Steigerte sich rasend schnell in blinde Wut. Hinterließ mit jedem hämmernden Donnerschlag seiner Fäuste einen weiteren blutigen Fleck auf der Türe. Doch das Holz gab nicht nach.

Ein Schrei ließ den Stiermann herumfahren. Ein weißer Vogel, groß wie ein Zwerg, flog dem Häuschen entgegen. Umrundete es in der Luft einige Male. Senkte seine Flugbahn und verschwand durch das geöffnete Fenster ins Haus.

Der Minotaurus glaubte seinen Augen nicht, rieb sie sich. Er kannte diese Art von Vogel, hatte schon einmal von ihr gehört. Man nannte sie Caladrius.

Bis zum heutigen Tag hielt er die Heilervögel für Legenden längst vergangener Zeiten. Und nun flog ein solches Exemplar herbei, um seinem Sohn zu Hilfe zu eilen. So hoffte er es zumindest. Es durfte nicht anders sein.

Die Stimme der Hexe verstummte mit dem plötzlichen Erscheinen des Vogels.

Ulisso atmete erschöpft aus. Sank auf den Boden, lehnte sich mit dem Rücken gegen die nun wieder wackelige Tür und wartete. Hoffnung und Zuversicht keimten allmählich in seinem Herzen auf. Das Vertrauen in den Heilervogel löste die Furcht in seinem Geist ab.

***

Es dauerte eine quälende Ewigkeit, bis ein ähnlich großer Vogel zum Fenster herausgeflogen kam. Er ähnelte dem Caladrius ungemein, bis auf eine Tatsache: Das Gefieder des Vogels strahlte nicht mehr so rein wie frisch gefallener Schnee. Das Tier hatte sich verändert, sah aus, als sei es in einen Bottich voller Ruß getaucht worden. Ulisso wusste um die heilenden Kräfte dieser Vögel, erinnerte sich aber nicht daran, je davon gehört zu haben, wie diese das anstellten. Schließlich gab er noch nie sonderlich viel auf Legenden. Die dunkle Farbe des eben noch reinweißen Vogels ließ ihn unvermittelt an dunkle Magie denken.

Wie vom Blitz getroffen sprang er auf, wollte gerade wieder versuchen, die Tür aufzubrechen, da erklang erneut der klagende Ruf des Caladrius über ihm.

Ulisso schaute hinauf. Die Sonne blendete ihn, zwang ihn, seine Augenlider zu schmalen Schlitzen zusammenzupressen. Dennoch erkannte er, wie das Dunkel aus dem Gefieder des Heilervogels wich und wie tropfender Teer zu Boden fiel.

»Dein Sohn wird überleben.«

Wieder fuhr Ulisso erschrocken herum. Ein weiteres Mal war es der Hexe gelungen, die Tür lautlos zu öffnen, sich unbemerkt an ihn heranzuschleichen.

»Den Göttern sei Dank«, entfuhr es ihm. Die Gedanken an dunkle Magie waren wie weggeblasen.

Die eiskalte Stimme fuhr unbeirrt fort. »Dein Sohn wird noch ein oder zwei Tage durchschlafen.«

»Ich werde ihn nach Hause bringen. Da kann er sich ausruhen so lange er will. Hauptsache, er kommt wieder zu Kräften. Ich danke dir und dem Vogel.«

Der Minotaurus zwängte sich an der Hexe vorbei ins Innere der Hütte, um seinen Sohn zu holen und schnellstmöglich von diesem unheimlichen Ort zu verschwinden.

»Da wäre noch etwas.«

Ulisso drehte sich in Oxinas Richtung. Ihre unnahbare Art versprach ihm nichts Gutes. Erneut breitete sich Angst in seinem Herzen aus. Er vermochte nicht zu sagen, wovor, und dennoch schien sie ihm nicht weniger unbegründet als beim ersten Mal, als er diese Hütte betrat und das Leben seines Sohnes noch an einem dünnen Schicksalsfaden hing.

»Alles im Leben hat einen Preis.«

Ulissos Augen weiteten sich.

»Der Preis für das Leben deines Sohnes war ein Versprechen. Er hat diesen Preis bereitwillig gezahlt und es mir gegeben, als du dich vor meiner Tür von den Strapazen deines Weges ausgeruht hast, alter Krieger.«

Ulisso stand vor der Liege, auf der sein verschwitztes Kind lag. Voller böser Vorahnungen fragte er: »Was war das für ein Versprechen, du Hexe?«

Oxina lächelte mild. Ein Lächeln so falsch wie Gift im Wein eines Gegners. Und so fühlten sich ihre darauf folgenden Worte für den Minotauren auch an. Wie pures Gift. Eingeflößt durch seine aufgestellten Ochsenohren.

»Er musste versprechen, in seinem Leben keine Waffe mehr anzurühren, auf dass er kein Leid bringen wird über unsere Welt. Ein geringer Preis für sein Leben. Findest du nicht auch?«

Ulisso ballte die Fäuste, griff nach seinem Zweihandschwert und zog es mit einem Ruck aus der Scheide auf seinem Rücken. Noch bevor er auf die

Hexe zustürmen, sie in zwei Hälften hacken oder sonst etwas tun konnte, ließ sie ihn mit einem Zauberspruch erstarren.

Langsam schritt sie ihm entgegen. Umkreiste ihn. Betrachtete ihn. Ließ ihre Hand sanft über seine Wange gleiten.

In Ulisso kochte die Wut über das verschenkte Leben seines Sohnes. In seinen Augen stellte jeder Minotaurus, der keine Waffe halten konnte, einen Krüppel dar.

Sein Schwert glitt ihm aus den tauben Händen, als hätte es seine Gedanken gelesen. Nur Ulissos Augäpfel gehorchten ihm noch, folgten der Rothaarigen auf Schritt und Tritt, wie sie sich in seinem Sichtfeld bewegte, daraus verschwand und auf der anderen Seite erneut auftauchte. Lautlos und geschmeidig wie eine Katze. Doch mit der Gehässigkeit einer Echse wie der auf ihrer Schulter im Blick.

Die Hexe zog sein linkes Ohr lang und flüsterte: »Hör mir gut zu, alter Narr. Auf Illis lastet nun ein Fluch. Ein Fluch, der diese Welt für mein Dafürhalten zu einem besseren Ort macht. Greift dein Sohn nach einer Waffe, wird er sterben, bevor er sie schwingen kann. Versuchst du mich zu töten, ist dein Sohn tot, bevor du dein Schwert schwingen kannst. Schickst du mir einen Meuchelmörder ...«

»... stirbt Illis, bevor der Mörder sein Werk vollbringen konnte«, hörte er sich selbst sagen.

Wieder sah Ulisso das eiskalte Lächeln vor sich. »Sehr gut. Wir verstehen uns also. Dann darfst du deinen Sohn nun nehmen und nach Hause gehen. Aber sei gewarnt, vergiss niemals meinen Fluch. Du warst es immerhin selbst, der mich um eine Strafe gebeten hat. Nun hast du sie erhalten. Ich hoffe, ich war nicht allzu streng mit dir, ach so unerschütterlicher Krieger.« Oxina lachte schauderhaft auf und die Kerzen im beengten Raum flackerten, als sei ein Sturm zur Tür hereingekommen.

Ob der Minotaurus und sein Sohn wohl noch ein glückliches Leben führten? Nun, ich habe Illis nie danach gefragt.

Doch ich denke, unsere Welt wäre bedeutend friedvoller, wenn auf uns allen ein solcher Fluch läge.

Darf ich mir eventuell noch einen Keks nehmen, bevor ich die nächste Geschichte zum Besten gebe? Die sind einfach vorzüglich.

Alles im Kopf

Milosch kaute auf seiner Pfeife herum und starrte in die züngelnden Flammen vor sich. Eine Rauchsäule stieg zum Himmel hinauf. Trockenes Feuerholz gab es nicht und er musste mit den feuchten Zweigen zufrieden sein, die er hatte finden können. Der klobige Stein unter seinem Gesäß drückte, doch empfand er ihn noch allemal bequemer als den mit Kieseln überhäuften Boden ringsherum. Nicht weit entfernt rauschte ein Gebirgsbach durch die zerklüfteten Felsen hindurch. Die Sonne wärmte des Alten Rücken bereits weniger als das kleine Feuer vor ihm. Schon bald würde sie hinter den Bergen verschwunden sein.

Im Unterholz hinter ihm raschelte und knackte es. Es näherte sich jemand und dieser Jemand kam nicht allein daher.

Milosch verharrte still vor seinem knisternden Feuer. Schaute sich nicht um. Die Kiesel schabten aneinander, verrieten ihm, dass es eine Gruppe Menschen sein musste. Er erwartete keinen Besuch, fürchtete jedoch auch keinen.

»Nimm die Hände hoch, Alterchen, und dir wird nichts geschehen.« Die Stimme kam von links.

Milosch drehte seinen Kopf nicht einmal ansatzweise. Sah aus dem Augenwinkel, wie ein Schatten um ihn herumschlich und rasch so weit in sein Sichtfeld gelangte, dass er das Gesicht des Sprechers klar zu erkennen vermochte. Der Mann trug ebenso abgetragene Kleidung wie Milosch selbst. In seiner Hand hielt der Kempe ein rostiges Schwert voller Scharten. Drei weitere Bewaffnete traten neben das Stoppelbartgesicht. Auch sie wirkten ungepflegt und ausgemergelt. Zwei von ihnen hielten einfache Bögen mit aufgelegten Pfeilen, deren Spitzen in Richtung der Rauchsäule zeigten, hinter der Milosch sich ausruhte. Der Vierte überragte die anderen um etwa einen Kopf. Er trug eine mit Dornen bestückte Keule. Ein schweres Holz, doch er schien wenig Mühe damit zu haben, es mit einer Hand zu halten.

»Hörst du nicht, alter Narr? Bist du taub, oder was? Du sollst die Hände in die Luft halten. Dann wird dir nichts geschehen.« Wieder sprach der mit dem Schwert.

Der Hüne griente nur voller Vorfreude und ließ seine Keule mit einer lässigen Handbewegung durch die Luft kreisen.

Milosch antwortete mit einer ebensolchen Lässigkeit: »Bei allem Verständnis dafür, dass es hier mitten in dieser Wildnis keine guten Händler für Kleidung gibt, aber eines gibt es hier mehr als ausreichend.« Der Alte schaute auf, zog einmal an seiner Pfeife und stieß eine Dampfwolke aus.

Die beiden Bogenschützen tauschten einen verstörten Blick aus.

»Nun schaut nicht so bedröppelt. Ich meine frisches Wasser, meine Herren. Ihr könnt euch gern bedienen. Hinter euch fließt mehr davon den Hang hinab, als ich für mich selbst benötige. Entschuldigt bitte, aber ich konnte euch schon lange riechen, bevor ich euch hören konnte. Wie haltet ihr es bloß allesamt miteinander aus?« Er setzte ein unschuldiges Lächeln auf. Wohl wissend, dass dies nicht die Art von Antwort war, die die Banditen hören wollten.

Die Reaktion ihres Anführers ließ auch nicht lange auf sich warten. »Bist du völlig Matsch im Kopf, Alter? Rück alles raus, was von Wert ist! Ich warne dich zum letzten Mal, Graubart! Sonst wird dir mein Freund da drüben deine Birne einschlagen, auf dass der Matsch nur so umherspritzt.«

Gelächter übertönte das Rauschen des Baches.

Milosch hob entschuldigend die Arme. »So leid es mir tut. Alles, was ich bei mir trage und von Wert ist, befindet sich in meinem Kopf. Wenn ihr es haben wollt, muss sich euer Freund bemühen, es bei seinem Hieb nicht ebenfalls zu zerschmettern.«

Das Gelächter erstarb und ging nahtlos in eiskalte Mienen über, denen Milosch unerschrocken entgegengriente.

»Du hältst dich wohl für besonders schlau, Alterchen? Denkst, du kannst uns verarschen, was?« Der mit dem Schwert klang ungehalten. »Was ist mit dem Stab und dem Bärenfell, das du auf deinem Kopf trägst? Lächerlich siehst du aus. Aber warm scheint es zu halten. Also her damit und keine dummen Sprüche mehr.«

»Ach, das alte Fell hier. Es ist voller Flöhe. Und der Stab hier, naja, er dient mir als Stütze. Du sagtest ja eben selbst, ich würde alt aussehen. Möchtest du einem Greis wirklich den Gehstock stehlen? Was deine Mutter wohl dazu sagen würde?« Milosch schüttelte tadelnd den Kopf.

Der Anführer zog ein breites Grinsen. »Keine Sorge, du wirst ihn nicht mehr brauchen. Die Flöhe stören mich auch nicht.«

An seine Kameraden gewandt befahl das Stoppelgesicht: »Los, holt mir das Zeug und schlagt dem Schwätzer endlich den Schädel ein. Ich kann sein Gefasel nicht mehr ertragen.«

Milosch umklammerte seinen Stab. »Ursa simul!«, kam es über seine Lippen, noch bevor einer der Männer sich rühren konnte.

Die Banditen staunten nicht schlecht. Verunsichert schauten sie sich an, denn die Felsen um sie herum begannen sich lautstark zu bewegen. Sie veränderten sich, nahmen neue Formen an. Die Pfeile prallten von den massigen, noch in der Entstehung befindlichen Körpern ab. Klauen bildeten sich aus, kräftige Pranken. Ein steinerner Kopf schnappte mit weit aufgerissenem Maul und spitzen Eckzähnen nach der dornenbewährten Keule und riss sie ihrem Besitzer spielend leicht aus der Hand. Lautes Gebrüll erklang aus einer Vielzahl von Kehlen.

Den Räubern entwich jegliche Gesichtsfarbe.

Der Anführer der Banditen stammelte nur: »Bären! Wo kommen die Bären her? Los, weg hier!« Den letzten Satz kreischte er voller Entsetzen.

Doch die Schützen hatten nicht auf seinen Befehl gewartet. Sie rannten bereits laut um Hilfe schreiend durch das Unterholz im Rücken des Magiers, auf dass die abbrechenden Zweige nur so knackten. Selbst der Kraftprotz machte sich zur Flucht bereit, suchte nach einem Weg hindurch durch die todbringenden Krallen und Zähne.

Der mit dem Schwert warf Milosch im Laufen noch einen letzten grimmigen Blick zu. »Wir sehen uns wieder«, spie er ihm mit drohend erhobenem Schwert entgegen und prallte beinahe gegen einen steinernen Bärenkörper.

Der alte Magier lachte freundlich. »Ich freue mich schon darauf.«

Zufrieden murmelte er in seinen Rauschebart: »Was man nicht alles in seinem Kopf haben kann.« Dann nahm er einen erneuten Zug aus seiner Pfeife und betrachtete die Felsbrocken, die vor ihm lagen, als wäre nie etwas geschehen.

War es wirklich nur Einbildung, oder vielleicht auch nicht? Wer weiß das schon so genau, wenn es um Magie geht?

O weh, ich erzähle und erzähle und finde wieder kein Ende. Deshalb nennt man mich ja auch die Gesprächige. Dabei schreitet der Abend mit ach so großen Schritten voran. Die Müdigkeit überkommt mich allmählich. Und Euch sicher auch, wenn ich Euch und Eure halb offenen Augen so betrachte. Dennoch will ich Euch noch von einer letzten Begebenheit berichten.

Im Spiegel des Pan

Schwer atmend betrat Aequilatus den altertümlichen Tempel. Das Tor stand sperrangelweit offen, lud ihn zum Eintreten und Verweilen ein. Die Kühle im Gebäudeinneren empfand der junge Rameer als angenehme Wohltat. Seine Zunge klebte ihm wie ein ausgewrungener Lappen am Gaumen. Schweiß rann ihm in Strömen vom Körper.

Ein Geruch stieg ihm in die Nase, der nicht zu ihm selbst gehörte. Es roch nach Ziege oder Schaf. Der Kaufmannssohn vermochte es nicht zu unterscheiden. Suchend blickte sich der junge Mann um. Niemand außer ihm befand sich in dem kreisrunden Kuppelbau, den ein vergoldetes Dach bedeckte. In der Mitte der Halle fassten zwei Marmorblöcke einen ovalen Spiegel ein. Dessen polierte Fläche überragte Aequilatus um das Doppelte. Grelles Licht fiel durch eine Aussparung im Dach auf das Spiegelglas. Fenster gab es in dem Rundbau keine. Lediglich das reflektierte Sonnenlicht und der offen stehende Eingang erhellten das Tempelinnere.

Aequilatus besah sich im Spiegel. Vom Schweiß verklebte Locken umrahmten sein gerötetes Antlitz. Die weiße Tunika hing an seinem schlaffen Körper.

»Bei den Göttern, warum habe ich diese Strapazen bloß auf mich genommen? Erlesene Spiegel hängen in unserer Villa mehr als genug an den Wänden. Um mich selbst zu betrachten, hätte ich nicht hier heraufsteigen müssen.« Die Worte hallten von den mit Fresken verzierten Wänden wider.

Eine tiefe Stimme fragte: »Wer schickt dich, Junge?«

Aequilatus zuckte zusammen und fuhr noch im selben Herzschlag herum. Hinter ihm stand niemand. Erschrocken wich er vom Eingang zurück, näherte sich dem Spiegel in seinem Rücken. Verbissen suchte er nach dem Sprecher und fand doch keinen.

»Zeig dich, wenn du den Mumm dazu hast!« Der Jüngling hörte mit eigenen Ohren, wie schwach und ängstlich seine Aufforderung klang. Beinahe so, als ob sein Mund sich nicht an seinen sonst so befehlsgewohnten Tonfall erinnerte.

Aequilatus spürte einen Windhauch über seine schweißfeuchte Haut huschen.

Mit einem Donnerschlag flog das Tor zu. Ganz deutlich hörte er den äußeren Riegel einschnappen. Es folgte Stille. Der Atem des Jünglings stockte. Er sah sich gefangen in diesem Tempel. Ganz allein, hoch oben auf dem Götterberg, wo sich nur selten eine Menschenseele hin verirrte.

Wieder erklang die unbekannte Stimme: »Ich stehe direkt hinter dir, Junge. Also sprich! Wen plagt die Verzweiflung so sehr, dass er dich zu mir schickt?«

Aequilatus drehte sich ruckartig um die eigene Achse. Sein Herz raste, pochte ihm bis zum Hals. Beinahe verlor er vor Erschrecken den Stand.

»Bei den Göttern! Wer bist du? Was bist du?«, stammelte er.

Vor ihm stand eine Mischgestalt. Ein Wesen, dessen Unterleib von einer Ziege stammen mochte und dessen Oberkörper einem Manne entsprach. Die Kreatur überragte Aequilatus um gut einen Kopf. Seidig glänzendes Fell überzog den Körper der fremden Gestalt und sparte lediglich deren Brust, einen Teil der Arme und das Gesicht aus. Das Fell erstrahlte in reinstem Weiß. Zwei spiralförmige Hörner in der Farbe von Granit wuchsen dem Wesen aus der Stirn. Der Kopf glich dem eines Menschen. Nur die Ziegenohren und der weiße Spitzbart störten das Bild. Mit der Rechten stützte sich das Tierwesen auf einen Stab, dessen weißes Holz etwa auf Augenhöhe in einem wirren Knoten endete. Aequilatus erkannte in der Chimäre beinahe eine Sagengestalt der einstmals heidnischen Bewohner aus dem östlichen Teil des vereinten Reiches wieder. Es fehlte lediglich die bodenlange Robe.

Während sich beide stumm musterten, vergingen etliche Herzschläge. Die Augen der Mischkreatur empfand Aequilatus als ihm wohlgesonnen. Langsam beruhigten sich seine Atmung und sein Puls wieder.

»Wer schickt dich zu mir, Jüngling?« Die Stimme klang freundlich, neugierig und fordernd zugleich.

»Meine Mutter«, antwortete Aequilatus zögerlich. »Ich gab ihr mein Versprechen, diesen Ort aufzusuchen, bevor ... « Seine Stimme brach. Die braunen Augen des jungen Mannes senkten ihren Blick auf den Marmorboden.

»Bevor was geschah?« Eine der buschigen Augenbrauen des Ziegenmannes reckte sich nach oben.

Aequilatus schluckte den Kloß herunter, der ihm im Hals saß und seinen Worten den Weg versperrte. »Bevor sie vor zehn Tagen an einem Fieber starb, versprach ich es ihr.«

»Warum erschien es ihr wichtig für dich, diesen Ort aufzusuchen, junger Freund?«

»Sie behauptete, ich würde zu einer Erkenntnis gelangen. Eine Erkenntnis, zu der ich um der Götter Willen gelangen sollte, bevor ich eines Tages die Geschäfte meines Vaters übernehme. Genaueres verriet sie mir nicht.«

»Möchtest du sie denn übernehmen? Die Geschäfte deines Vaters, meine ich.« Das Wesen betrachtete ihn mit skeptischem Gesichtsausdruck.

Aequilatus zögerte keine Sekunde. Voller Inbrunst antwortete er: »Natürlich möchte ich sie übernehmen. Ich bin doch kein Narr. Bei den Göttern! Mein Vater ist ein angesehener Mann. Als äußerst wohlhabend und einflussreich darf man ihn ruhigen Gewissens bezeichnen. Einen gütigen Menschenfreund nennen ihn nicht wenige.«

»Sag, mein junger Freund, womit handelt dein Vater?« Die Stimme des Gehörnten klang interessiert und dennoch wissend.

Der Rameer ließ sich davon nicht irritieren. »Mit Sklaven aus den südlichen Provinzen jenseits des Meeres. Er verkauft sie zumeist an die hiesige Arena, werter …« Aequilatus stockte. »Was bist du eigentlich für ein seltsames Geschöpf?«

»Man nennt mich einen Pan. Ein Hirte und Freund der alten Götter bin ich. Eben jener Götter, in deren Tempel du im Augenblicke weilst. Ein geheiligter Ort, der zu meinem Bedauern viel zu selten noch Besucher empfängt. Die Menschen huldigen den alten Göttern nicht mehr so wie einst. Doch das weißt du sicher, mein junger Freund.«

Der Pan machte eine Pause, strich sich mit der freien Hand durch den Bart.

»Deine Mutter tat gut daran, dich zu mir zu schicken. Sie muss wohl sehr verzweifelt gewesen sein. Ich spüre, dass sie den alten Göttern wohlgesonnen gegenüberstand. Du sollst deine Erkenntnis bekommen, mein Junge.«

»Was für eine Erkenntnis sollte das sein? In diesem Saal gibt es doch nichts außer uns beiden und dem Spiegel«, ereiferte sich Aequilatus. Seine Stimme klang inzwischen wieder kräftiger. Fast schon so, als ob er mit einem seiner Haussklaven spräche.

»Das wird sich zeigen, sobald du den Spiegel betrittst, junger Freund.«

»Den Spiegel betreten?« Aequilatus kratzte sich am Kopf. »Wie soll ich das bewerkstelligen? Ich bin kein Gott, der durch Glas zu gehen vermag.«

»O, das muss nicht deine Sorge sein.« Das Ziegenwesen lächelte mild.

Aequilatus zögerte. »Was werde ich sehen, alter Pan?«

»Zu sehen erfordert Mut, mein junger Freund. Hast du den Schneid, deine Sicht zu verändern? Was geschieht, wenn du den Spiegel betrittst, lässt sich nicht in menschliche Worte fassen. Du musst es erleben.«

Das Stabende klopfte auf den Marmorboden und der Spiegel begann blau zu leuchten. Ein sich steigerndes Schimmern erfüllte den Raum.

»Bist du bereit einzutreten, mein Junge?«

Aequilatus schluckte, als sich im Spiegel eine wohlbekannte Kulisse abzeichnete. Allerdings passte die Perspektive nicht zu seinem gewohnten Ausblick.

»Pan, ich habe es mir anders überlegt. Das ist Zauberwerk. Einen Frevel an den Göttern möchte ich nicht begehen, indem ich daran teilhabe. Ich darf dort nicht hinein.« Es glich mehr einem Stottern als einer Aussage.

»Zu spät, mein Freund. Zu spät.«

Das Leuchten steigerte sich, zog an Aequilatus' Tunika, an seinem Leib. Mit aller Macht stemmte der Jüngling sein Körpergewicht gegen den Sog. Die Sandalen rutschten quietschend über den glatt polierten Boden. Erst an den Marmorblöcken, die als Halterung für den Spiegel dienten, fanden seine Finger einen Halt. Der Sog hielt den Rameer quer in der Luft, mitten im Zentrum des Leuchtens. So stark zog die Kraft des Spiegels an seinem Körper. Seine Muskeln drohten zu bersten. Das unheimliche Leuchten gewann ungebrochen an Intensität und raubte ihm die Sicht. Die Kraft des Spiegels steigerte sich ins

Unermessliche. Der Sog überstreckte die Arme des Jünglings. Seine Finger gaben nach und das Blau trug ihn fort.

***

Mit einem Schlag verging das gleißende Leuchten. Ein finsteres Zwielicht umgab den Sohn des Sklavenhändlers. Sterne tanzten vor seinen Augen. Er atmete stickige Luft ein. Die Hitze und seine Furcht trieben ihm den Schweiß auf die Stirn.

Aequilatus vermochte wieder zu sehen, nun, da das Blendwerk erloschen war. Um ihn herum befanden sich Gitter. Nichts als Gitter und von Schimmel überzogene Kerkerwände. Durch ein kleines Fenster in der Rückwand blickte er auf den Boden einer ihm wohlbekannten Arena. Wind wirbelte im leergefegten Rund den Staub auf. Entgeistert stellte Aequilatus fest, er befand sich im Kellerverlies der Arenasklaven. Ein Schauer lief ihm über den Rücken.

Durch die Lücken im Gittergeflecht erkannte er den Platz, von dem aus er für gewöhnlich dem blutigen Treiben zujubelte. Immer dann, wenn sich Barbaren mit Barbaren oder wilden Tieren einen Kampf auf Leben und Tod lieferten. Denn was zählte schon ein

Sklavenleben? Ein paar Silbermünzen. Wenn es hochkam vielleicht sogar ein Stück Gold, für einen stattlichen Krieger. Doch das eher selten. Mehr Wert maß man den Leben dieser niederen Kreaturen aus einer vorzeitlichen Kultur nicht bei.

Mit Erschrecken roch er den Gestank der Löwen. Aus einer nicht weit entfernten Zelle hörte er sie brüllen. Seine Nackenhaare stellten sich auf. Verängstigt wandte er sich der Tür zu, um sicherzugehen, dass keines der Raubtiere hinter ihm stand.

Ein Kerl mit klappernden Schlüsseln schritt an seinem Verlies vorbei.

»He, du da, lass mich hier heraus!«, rief er ihm nach. Dabei versuchte der junge Mann, seine Verzweiflung hinter einem gespielt selbstbewussten Auftreten zu verbergen.

Der Wärter, ein dicker Kerl mittleren Alters, blieb stehen und lachte ihn aus. »Warum sollte ich dich befreien, Sklave?«

»Sklave? Wie bitte? Das muss … Das ist ein Missverständnis! Ich …« Aequilatus eilte zur Tür und rüttelte an den Gittern. Sie gaben nicht nach. »Ich bin kein Sklave. Ich bin ein Rameer. Meine Mutter gebar mich hier in dieser Stadt. Mein Vater ist ein angesehener Mann! Er gehört dem Senat an. Öffne auf der

Stelle die Zellentür oder du bist des Todes, Sklaventreiber!«

»Die Griffel weg da!« Eine vielriemige Peitsche knallte. Sie hinterließ blutige Striemen auf Aequilatus' Fingern. Der zwiebelnde Schmerz ließ den jungen Mann eilig von der Zellentür zurückweichen. Weit genug, um aus der Reichweite des Wärters zu gelangen. Mit weit aufgerissenen Augen starrte der Senatorensohn seinen Peiniger an. Der Kerl zeigte sich davon unbeeindruckt.

»Dein Vater war nichts weiter als ein schmieriger Affe aus Übersee, du dreckiger, kleiner Lügner. Sprich mich nicht noch einmal an, oder ich werfe dich in den Löwenkäfig.«

Der Wachmann hielt sich nicht weiter auf und setzte seinen ursprünglichen Weg fort.

Aequilatus betrachtete seine geschundenen Hände. Die Striemen. Das Blut gefror ihm in den Adern. »Das kann nicht sein! Welch schrecklicher Zauber«, entfuhr es ihm, als er die dunkle Farbe seiner Haut registrierte. Er rieb und rubbelte seine Hände. Nichts veränderte sich. »Das kann unmöglich sein! Dieser verfluchte Pan! Bei den Göttern, nein!« Doch die dunkle Farbe stellte sich nicht als aufgemalt, sondern als seine eigene Haut heraus. »Ich bin der Sohn des

140

Sklavenhändlers und kein dreckiger Sklave«, jammerte er.

***

Die Tage vergingen. Der einstige Sklavenhändlersohn saß inmitten seiner Zelle auf dem Boden. Das dreckige Stroh bedeckte den kalten Stein nur notdürftig. Eine Sitzgelegenheit, ein Bett oder einen Tisch gab es nicht. Gehalten wie Vieh, bekam er einmal täglich eine Schale abgestandenen Wassers und einen Kanten harten Brotes durch eine kleine Luke in der Tür geschoben.

So blieb ihm mehr als genug Zeit, um über sein Leben nachzudenken. Eine sinnvollere Beschäftigung fand er in der Enge seines Gefängnisses nicht.

Aus Tagen wurden Wochen, und diese wiederum zu Monaten.

Alle sieben Tage trieben die Wärter Sklaven hinaus und ließen Aequilatus Zeuge des blutigen Spektakels vor dem Fenster seiner Zelle werden. Ob er es wollte oder nicht interessierte niemanden. Selbst die Götter schwiegen. Es gab für ihn keine Möglichkeit, sich den brutalen Szenen zu entziehen. Männer kämpften und Männer starben vor seinen Augen. Die Menge johlte und jubelte aus Leibeskräften wie eh und je. Unzählige Männer, manche fast noch Kinder, krepierten vor seinen Augen. Die Perspektive aus dem Kellerfenster heraus unterschied sich insofern von seinem alten Sitzplatz, als dass der Tod jedes einzelnen Sklaven völlig veränderte Emotionen in ihm hervorrief. Nichts von der lautstarken Euphorie auf den Rängen schwang in ihnen mit. Stattdessen vergoss Aequilatus unzählige Tränen. Und dass, obwohl er noch immer lediglich Teil des Publikums war. Wenngleich sein fester Sitzplatz in der Loge unbesetzt blieb.

Immer am Tag nach einem Gemetzel gab es eine Portion Fleisch. Aequilatus rührte sie nicht an. Beschlich ihn doch eine düstere Ahnung, woher es stammte.

Mit jedem blutigen Spektakel wuchs sein Groll gegen die eigenen Landsleute, die den Kämpfern lautstark zujubelten. Die über deren Leben oder Tod mit einer lapidaren Bewegung ihrer Daumen abstimmten. Die im Grunde genommen genau das taten, was ihm selbst einst so viel Entzücken bereitete.

Das Publikum ekelte ihn mit jedem Jubelschrei mehr an. Seine eigene Vergangenheit widerte ihn an. In ihm stieg Hass auf. Hass gegen Menschen, die andere Menschen aus ihrem Heim rissen und sie wie räudige Tiere behandelten. Hass gegen seinen eigenen Vater und dessen Reichtum und Luxus. Resultierte beides doch aus dem unaussprechlichen Leid anderer Menschen.

Aequilatus fühlte sich selbst nicht als Tier, so wie er die Sklaven vor dem Sog in das Spiegelinnere noch selbst gern betitelt hatte. Nein, er fühlte sich in gleichem Maße als Mensch wie zuvor. Nur stand er mit dieser Meinung am Rande des weiten Arenarundes mit Sicherheit allein da.

Nach langen Monaten voller Hilflosigkeit offenbarte ihm ein Kerl, der ihm eine Schale Wasser brachte, das Unausweichliche. Er, der eigentliche Sklavenhändlersohn, sollte am folgenden Tage ebenfalls zum Kämpfen antreten. Dabei wusste Aequilatus nicht einmal, wie man eine Waffe richtig hielt. Geschweige denn, wie man sie benutzte.

Tränen kullerten aus seinen dunkelbraunen Augen, ließen seine Sicht verschwimmen. Voller Wut und Verzweiflung hämmerte er gegen die Gittertür. Aequilatus brüllte seinen Hass auf die Rameer, auf seinen Vater hinaus. So lange, bis harte Peitschenhiebe ihn davon abhielten.

Der Tag, an dem sein Ende bevorstand, rückte unaufhaltsam näher. Stunden vergingen wie Minuten.

Minuten wie Sekunden. Er sah es im Kopf schon vor sich. Ein Ende mit Schrecken und voller Qualen. Nur wenige Menschen hatte er in den Kämpfen sofort sterben sehen. Manche quälten sich noch stundenlang mit ihren schrecklichen Verletzungen, bis sie ihren letzten Atemzug taten. Achtlos am Rand der Arena liegengelassen, wenn das Publikum das Colosseum verließ.

Die Zeit verging wie der Arenasand in seiner Hand. In seiner letzten Nacht schlief er unruhig. Schweißgebadet erwachte er immer wieder. Schreckliche Albträume plagten ihn. Die Erlebnisse seines monatelangen Zellenaufenthaltes hallten in seinem Kopf ein letztes Mal nach. Verkürzt auf eine einzige Nacht.

***

Die Sonne ging auf. Ein warmer Strahl kitzelte ihn an der Nase. Aequilatus schreckte hoch. Er musste noch einmal eingenickt sein. Vor sich sah er ein ihm wohl bekanntes Gesicht mit weißem Ziegenbart und Spiralhörnern.

Die tiefe Stimme sprach ihn an: »Nun, mein Junge, du solltest nach all der Zeit zu deiner Erkenntnis gelangt sein, nehme ich an. Ich hoffe sehr, sie liegt im Sinne deiner verstorbenen Mutter. Denn der Tag ist gekommen, an dem der Spiegel dich freigibt. Du gehst zurück in dein altes Leben, mein Junge. Reich mir deine Hand und ich geleite dich hinaus!« Eine weißhaarige Hand reckte sich dem Jüngling entgegen.

Aequilatus schaute aus dem Zellenfenster. Auf den Rängen fand sich so früh am Morgen noch kein Schaulustiger. Erleichterung über seine Rettung wollte sich nicht in ihm ausbreiten. Bis zu den Rängen hinauf wanderte sein Scharfblick und fand seinen leerstehenden Sitzplatz hoch oben in der Loge. Direkt neben dem des Vaters. Dem Mann, den so viele einen Menschenfreund nannten. Dabei wusste dieser nichts über Menschen, trat sie mit Füßen und bereicherte sich an ihrem Elend und Leid.

Bedächtig antwortete Aequilatus: »Wohl wahr, alter Pan, zu einer Erkenntnis bin ich in all der Zeit in der Tat gelangt. Dein Angebot erscheint mir gütig.« Er drehte sich zurück zum Ziegenmann und schaute ihm direkt in die hellblauen Augen. »Dennoch schlage ich es aus. Ich gehe nicht mit dir, guter Freund der alten Götter. Dieses Mal wird dir auch der Zauber des blauen Lichtes nicht nützen, alter Ziegenbart. In einer Welt, in der sich sogenannte Menschen nur um des Vergnügens willen solch schreckliche Gräuel antun - weil sie sich für überlegen oder gar etwas Besseres halten -, in einer solchen Welt ist kein Platz für mich. Ich mag hier unter dem Jubel dieser Barbaren elendig und unter Qualen verrecken. Doch erleide ich lieber den Tod, als wieder in diese meine alte Welt zurückzukehren.« Aequilatus machte eine Pause, ließ seine Worte wirken, bevor seine Stimme sich feierlich erhob. »Denn nicht als dunkelhäutiger Sklave, gleich einem gefühllosen Tier, sterbe ich. Nein, gewiss nicht! Auch wenn es keiner dieser Barbaren auf den Rängen zu erkennen vermag. Sie verstehen mich nur anhand der Farbe meiner Haut und meiner Herkunft zu beurteilen. Zu mehr sind sie nicht fähig, weil sie sich nicht um mehr bemühen. Nein! Ich, werter Pan, ich sterbe als ein Mensch!«

Ein tapferer Kerl, dieser Aequilatus. Mir imponiert seine Erkenntnis, wenngleich ich sie ihm schon viel früher gewünscht hätte.

Das soll es dann aber auch für den heutigen Abend gewesen sein. Es ist schon beinahe Mitternacht.

Nun bitte ich Euch, mir den Weg in mein Quartier für die Nacht zu weisen. Hoffe ich doch inständig, Ihr fühltet Euch gut unterhalten und gebt mir einen bequemen Platz zum Ruhen.

Ich wünsche allseits eine Gute Nacht!

Danksagung

Ich danke zunächst einmal dir, liebe Leserin, lieber Leser! Natürlich in der Hoffnung, dir mit diesem kleinen Büchlein viel Freude bereitet zu haben.

Ganz besonders bedanken möchte ich mich im gleichen Atemzug bei meiner Familie und meinen Freunden, die mich bei meiner oft zeitraubenden Autorentätigkeit geduldig unterstützen und immer ein offenes Ohr für mich haben. Ihr seid die Besten!

Mein Dank gilt ebenso meiner Korrektorin Bettina Hilbl - tat(W)ortreinigerin Korrektorat -, die mit Akribie und größter Sorgfalt jeden noch so kleinen Rechtschreibfehler und manches Mal auch etwas mehr aus meinem Wortsee gefischt hat. Zum Glück hat die liebe Bettina »Sie« nicht angetroffen.

Auch meiner lieben Coverdesignerin, Jenn, möchte ich herzlichst danken, dass sie meinen Wunsch nach einem Cover mit der Tauglichkeit für mehrere Bände so hervorragend und zügig umgesetzt hat.

Nicht zuletzt möchte ich mich bei den wunderbaren Autoren bedanken, deren fantastische Kurzgeschichten mich auf Instagram so köstlich unterhalten haben. Dank euch kam ich überhaupt erst auf die Idee, selbst kurze Geschichten zu schreiben und in diesem kleinen Büchlein zusammenzufassen. Macht bitte weiter so! Insbesondere du, Olaf Raack.

Besonders freuen würde ich mich natürlich, wenn du, liebe Leserin, lieber Leser, mir ein paar Sterne oder gar ein paar nette Worte auf dem Einkaufsportal deiner Wahl hinterlässt. Vielen Dank dafür im Voraus!

Vita

Calvin Cozym erblickte im Jahr 1982 in Rathenow das Licht der Welt. Er wuchs in einem Dorf nahe seiner Geburtsstadt auf.

Heute lebt er mit seiner Familie und seinen Haustieren im Nordwesten des Landes Brandenburg. Hauptberuflich arbeitet er als Bankkaufmann und darf sich seit dem erfolgreich abgeschlossenen Studium Bankbetriebswirt nennen.

In seiner Freizeit hört er liebend gern Rockmusik und spielt E-Gitarre.

Am liebsten entführt er seine Leser*innen in fantastische Romanwelten. Denn das sind die Welten, in die er auch selbst mit Begeisterung eintaucht, wenn er ein Buch zur Hand nimmt.

Alles über seine Werke findet sich hier:

www.calvincozym.de

www.facebook.com/calvin-cozym-fantasyautor

www.instagram.com/calvincozym_fantasyautor

Ich freue mich immer über Besucher meiner Online-präsenzen.

Im Anschluss möchte ich dir noch ein paar Leseempfehlungen ans Herz legen.

DIE CHRONIKEN VON
MYTLAGHYR

HEXENJAGD

Calvin Cozym

HYBRID
VERLAG

Klappentext:

Fremde Soldaten fallen in Odengard ein. Die Priester der Eindringlinge verbreiten einen neuen Glauben, der Magie streng verbietet. Ein Glaube, der Lisbees Leben bedroht. Denn sie soll als Hexe verbrannt werden.

Ein geheimnisvoller Elf und seine ungewöhnliche Begleiterin bewahren das Mädchen gerade noch rechtzeitig vor dem Scheiterhaufen. Gemeinsam fliehen sie.

Doch die Invasoren kennen kein Erbarmen und verfolgen das Trio. Eine wilde Jagd entbrennt.

High-Fantasy
Ca. 400 Seiten Spannung pur

DAS DUNKEL
VON MIRANDOR
– DIE RÜCKKEHR

OLE TRACK

FANTASY-ROMAN

Klappentext:

Dunkelheit umfängt ihn. Ein neuer Krieg droht. Doch Lombars erster Kampf gilt den Schatten seiner Seele.

Zwischen den Völkern Mirandors herrscht Frieden. Fünf Jahre sind seit der Schlacht gegen die Heerscharen des dunklen Meisters ins Land gegangen.

Niemand ahnt etwas von der neuen Bedrohung, die im Verborgenen zum Leben erwacht. Düstere Portale öffnen sich. Kreaturen der Finsternis durchschreiten diese und tragen eine blutige Fehde in die Ländereien Mirandors.

Lombars alte Gefährten werden seine Unterstützung im Kampf gegen die Eindringlinge benötigen. Doch der Söldner hadert mit seinem Schicksal. Gelingt es ihm, die Schatten seiner Vergangenheit zu bezwingen?

High-Fantasy / Dark-Fantasy
Ca. 550 Seiten